我的大学

My College Life

［前苏联］高尔基◎著　羊清露◎译

天津出版传媒集团
天津人民出版社

图书在版编目（CIP）数据

我的大学 /（苏）高尔基著 ；羊清露译. -- 天津 ：天津人民出版社，2016.6（2018.9 重印）
ISBN 978-7-201-10488-1

Ⅰ. ①我… Ⅱ. ①高… ②羊… Ⅲ. ①长篇小说—苏联 Ⅳ. ①I512.45

中国版本图书馆CIP数据核字（2016）第127743号

我的大学

WO DE DA XUE

出　　版　天津人民出版社
出 版 人　黄　沛
地　　址　天津市和平区西康路35号康岳大厦
邮政编码　300051
邮购电话　（022）23332469
网　　址　http://www.tjrmcbs.com
电子信箱　tjrmcbs@126.com
责任编辑　刘子伯
印　　刷　三河市京兰印务有限公司
经　　销　新华书店
开　　本　880×1230毫米　1/32
印　　张　4.5
字　　数　120千字
版次印次　2016年6月第1版　2018年9月第4次印刷
定　　价　25.00元

前言

《我的大学》是前苏联作家玛克西姆·高尔基（1868—1936）创作的自传体小说。高尔基是无产阶级革命文学导师、政治活动家、诗人。他的代表作为《人生三部曲》，即《童年》《在人间》《我的大学》。

《我的大学》主要描写阿廖沙在俄国十月革命前夕的成长经历。小阿廖沙的父亲因病去世后，母亲带着他到了外公外婆家，之后，他们的生活状况并没有得到改善。

他外公做过纤夫，后来开了一个染坊。随着家业的衰落，他变得越来越野蛮、吝啬、贪婪、冷酷。当时的社会秩序混乱，人们变得自私自利，感情淡漠。出于自私心理，阿廖沙的两个舅舅生怕阿廖沙的母亲与他们争夺财产，于是疯狂地吵闹着要分家。作品围绕着家里的这些人展开了生动的描述，将小市民的自私冷漠的病态心理活灵活现地表达了出来。

在此极端状态下，唯一带给阿廖沙心灵温暖的是他的外祖母。她善良慈爱，喜欢唱歌、跳舞，会讲各种故事，是阿廖沙的知心朋友，也是他最爱及最信任的人。

后来，阿廖沙心怀上大学的美好愿望到了喀山。为了生存，他四处打工。幸运的是，他遇到了一个好房客，他是个革命者，有思想，乐于帮助人。他同情阿廖沙的不幸遭遇，于是开始对阿廖沙进行各种帮助与开导。他像一位人生导师，使阿廖沙在痛苦与无助时找到了前行的方向，从而将他从自杀的泥潭中拯救了出来。

在喀山的四年，阿廖沙虽然没能进入渴望已久的大学，但在社会这所没有围墙的大学里，他接触到了各阶层的人士，以及许多秘密革命者，阅读了一些革命著作，提高了思想觉悟，得到了心灵上的成长与蜕变。

《我的大学》以阿廖沙在社会大学的亲身经历为线索，向读者生动、形象地展现了19世纪末俄国社会的黑暗腐朽以及当时人性的丑恶，用血淋淋的事实告诉读者，唯有坚持求知、进行革命才是拯救社会的良策。它让人受益良多，是一部教育意义深远的作品。

《我的大学》的最大成功之处在于作者对人物形象的生动塑造。本书着重刻画了一些正直、善良的人，包括外婆、房客等。阿廖沙虽然善良、勇敢、坚强，作者却没有对他进行正面描写与刻画，反而是将他放入生活，以旁观者的身份对周围的一切进行感知与讲述。但是，在对与阿廖沙相关的其他人进行描写时，却明显体现出了喜恶之情。比如，在对外公这样残暴、自私的人进行描写时，他运用了讽刺手法，充分表现了对小市民的贪婪、自私的厌恶感。本书对“好坏”两类人物形象的成功塑造，不断推动着故事情节的深入发展，从而将当时俄国的黑暗现状淋漓尽致地揭示了出来。

高尔基自幼父母双亡，他先后当过学徒、看门人、搬运工、面包工人等。虽然他只上过两年的小学，却一直勤奋不懈地自学，艰难地读了许多书。后来，他积极投身于革命活动，阅读了大量的马克思著作。在此基础上，加上他本人曾深入体验过底层生活，生活素材丰富，这一切终于促使他写出了《我的大学》这部不朽著作。

高尔基创作的作品，大多取材于他的底层生活经历，由于对此感受深刻，所以提升了作品的内涵。高尔基擅于运用典型化的手法塑造人物，在揭露与批判现实的同时，也展示了社会发展的未来前景，具有极其积极的意义。高尔基对人物的刻画生动形象，文字简洁清新，融入了浪漫主义的乐观、自信，给人以强烈的艺术感染力。

终于，我去喀山大学学习了[①]，就这么回事儿。

是一个叫尼古拉·叶夫列伊诺夫的中学生，激起了我上大学的念头。他是个很讨人喜欢的青年，长得也很英俊，一双眼睛像女人般温柔可爱。他那时跟我住在同一幢楼里，因为常见我手里拿着书，便留意起我来，我们就这样相识了。没多久，叶夫列伊诺夫竟总想让我承认这一点：我有“研究科学的特殊才能”。

“你天生就是块搞科学的料。”他说道，潇洒地甩甩他那马鬃般的长发。

那时我什么都还不懂，就算是只家兔，也能服务于科学。可叶夫列伊诺夫成功地使我相信：我这样的青年正是各个大学所需要的。自然而然地，米哈伊尔·罗蒙诺索夫[②]的掌故又被搬了出来。叶夫列伊诺夫又说，如果我去了喀山的话，可以住在他家，用秋冬两季学完中学课程，再“随便”把几门考试应付过去（他就是这么说的：“随便！”）。到了大学里，我就可以领到助学金，只要五年时间，我就能成为“学者”了。这一切在他看来简直是轻而易举的事，因为那时的叶夫列伊诺夫才十九岁，又有一颗善良的心。

他一考试完就回家了。两周之后，我也跟着上了路。

年迈的外祖母与我送别时，劝告我说：

“你可别再对人乱发火了！你总爱发火，变得又凶又傲慢！这都是从你外祖父那儿学来的，可你看看你外祖父，成了个什么样子？这苦命的老头子，活了几十年，竟落得变成个傻子。你得记住：上帝不评判人的对错，魔鬼才专爱此道！再见啦，唉……”

几滴无奈的眼泪沿着她松弛的面颊淌了下来，她抹了抹，又

① 大约在一八八四年夏末或秋季。

② 米哈伊尔·罗蒙诺索夫：俄国著名学者、诗人。

说道：

“咱们再也见不着啦！你这不安稳的孩子，要远走高飞啦，而我呢，却时日不多……”

这几年来，我常不在亲爱的外祖母身边，甚至很少见到她。我想到此刻就要同她诀别，同这个和我血肉相连、善良体贴的老人诀别，一时也不禁悲从中来。

我站在船尾，一直望着她，她就站在码头边上，一手画着十字，一手不住地拿起那条旧披肩的角，擦自己的脸和那双总是流露着温柔和慈爱的黑眼睛。

于是，我来到了这座半鞑靼式的城市，住进了一间平房的小屋。这所平房孤零零地矗立在一条窄巷尽头的土坡上。房子的一堵墙正对着一片火灾后的荒地，荒地上杂草丛生；一堆砖瓦房舍的废墟，隆起在苦艾、牛蒡、马蓼的杂草丛和接骨木的灌木林里，废墟下面是个大地窖。游荡的野狗就生在那里，也埋葬在那里。我绝不会忘记这个大地窖，它是我上过的那些大学中的第一所。

叶夫列伊诺夫的妈妈，仅依赖一点微薄的抚恤金勉强度日，拉扯着两个儿子。刚开始到他家的几天，我就常看见这个面色苍白的小个子寡妇从市场回来，带着无可奈何的忧伤，把买来的东西放在橱桌上，琢磨着如何解决眼下的问题：就算抛开自己不算，又怎样用这么一小块肉做出一顿丰盛的美餐，让三个健壮的小伙子吃得满意呢？

她的话很少，灰蒙蒙的双眼流露着一种无奈而温和的坚强，仿佛一匹已经声嘶力竭的母马，明知自己再也无法把车往坡上拉动，却仍然在拼命挣扎。

来到她家第四天的一大早，我去厨房帮她洗菜，她的孩子们那时都还没起床。她小心翼翼地低声问我：

“您上这儿来想干什么？”

“读书，上大学。”

她双眉往上一挑，脑门上发黄的皮肤也跟着向上一紧，一不留神被菜刀割了手指头，她忙吮住伤口的血，在椅子上坐下，但又立即跳了起来，说道：

“噢！见鬼……”

她把受伤的手指用手绢包起来，称赞我说：

“您削土豆倒挺利索的！”

哼，这还不简单！我于是跟她讲起了在轮船上帮厨子干活儿的事。她又问道：

“你以为凭这么两下子，就能上大学了吗？”

那时的我，还不懂什么叫开玩笑。我把她的问话当了真，便把我的行动计划对她详细地讲述了一遍，还说，只要这样按计划行事，科学殿堂的大门就会为我而敞开。

她叹了口气叫道：

“噢！尼古拉！尼古拉……”

这时候尼古拉进厨房洗脸来了。他睡眼朦胧，头发乱蓬蓬的，但还像往常一样兴高采烈。

“妈妈！能包顿饺子吃多好呀！”

“嗯，好吧。”妈妈答应道。

为了拿自己的烹饪知识露露脸，我说道：“这点肉对于包饺子来说，实在不合适，而且太少了。”

这句话惹得瓦尔瓦拉·伊凡诺夫娜火冒三丈。她用尖酸的话讽刺了我几句，害得我连耳根都涨得通红。她把手里的几个胡萝卜朝橱桌上一甩，扭头便出了厨房。尼古拉朝我使使眼色，对此解释道：

“生气啦！”

他在凳子上坐下来，又接着跟我说：“女人总是比男人更情绪化。她们的天性使然。一个很有名气的学者，好像是个瑞士人，曾经无懈可击地论证过这个问题，英国人约翰·斯图尔特·穆勒在这一点上也说过类似话。”

尼古拉很喜欢教导我，因而他不放过任何一个合适的机会，向我灌输一些生活的基本常识。对这些话，我也听得非常认真。后来，我竟然把佛克、拉罗士佛克和拉罗士查克林三人混为一谈。我也搞不清是谁砍了谁的头。是拉瓦锡砍了杜模力的头呢，还是正好相反。这个招人喜欢的青年，诚心诚意地要“把我教育成人”，他也满怀信心地保证这一点。但是他抽不出时间，而且也不具备好好教我的条件。在那种青年人的轻率和自我为中心习气的影响下，他看不到母亲在怎样为维持家庭的生活而精疲力竭、费尽心血地操劳。他弟弟是个孤僻迟钝的中学生，对此就更无法感受了。而我却早已看透了这个女人那套精妙的厨房里的经济和化学玄理。我清楚地看到她如何应对自如：每天都得想办法哄住自己孩子的肚子，又要养活我这个相貌平庸，举止粗鲁的异乡人。当然，每当拿到分给我的面包时，它们都像重重地压在我心头的一块石头。我开始想去随便找些什么活儿来干。为了不待在家里吃闲饭，我每天一大早就出门，遇上天气不好时，就躲进荒地上的那个大地窖，坐在里面倾听飘摇风雨，闻着那些死猫死狗的恶臭。我终于明白：上大学——那无非是个梦罢了。如果当初去了波斯，也许比来这儿要明智些。这样想着我就幻想自己成为了一个白胡子的法师，能让谷子长到苹果那么大，能让土豆长到一普特重，总而言之，我为这块土地——这块还有无数像我一样穷困潦倒之人的土地——设想出了许多有益于民的善举。

我已经学会了对奇遇冒险和丰功伟绩的幻想。在生活陷入困境时，这些幻想极大地帮助了我。而因为艰难的日子太多，我也变得越来越会幻想。我并不奢求别人的援助，也不等待时运的降临，在磨难中，我的意志变得顽强起来，生活的条件越是艰苦，我就觉得自己愈发坚强，甚至愈发聪明。我很早就理解到：人是在与周围环境的抗争中成熟起来的。

为了不至于挨饿，我常去伏尔加河的码头，要想上那儿挣到十五至二十戈比的工钱还是不难的。在那儿，与那些装卸工、流浪汉和无赖混在一起，我觉得自己仿佛是块被投进通红炉火的生铁。每一天都被烙下许多新鲜、炽热的印迹。那些欲望裸露、禀性粗野的人，旋风般地在我面前转来转去。我喜欢他们愤恨现实生活，嘲笑、敌视世间一切，对自己无牵无挂的态度。我过去所经历的生活，使我对他们怀有一种亲近感，产生出想要加入他们那个充满着刺激和力量的圈子的愿望。我读过勃来特·哈特的作品和不少“低级趣味”的小说，因而更激起了我对生活在这个圈子里人们的同情。

有一个职业小偷，名叫巴什金，曾是师范学院的学生，如今潦倒不堪，还染上了肺病。他循循善诱地开导我：

“你怎么跟个姑娘似的，总那么畏首畏尾？是怕人说你不安分守己吗？安分守己对姑娘来说，是她一生的财富。可那对你而言只是个枷锁。公牛倒能安分守己，那是因为它整天只吃干草！”

巴什金长着一头棕色头发，脸上像演员一样，刮得光光的，身材矮小，动作敏捷轻巧，仿佛一只猫。他把自己看作是我的老师和保护人，我看得出，他真诚地希望我能有所成就并赢得幸福。他很聪明，读过许多好书，最推崇的是《基督山伯爵》①。

“这本书中有理想，又有真情。”他说。

他喜欢女人，一谈起女人总是津津乐道，神采奕奕，那虚弱的身体也一阵阵痉挛起来。这种病态的痉挛让我很是嫌恶，但我还是饶有兴趣地听他讲，觉得他的话美妙动听。

“女人，女人！”他抑扬顿挫地说道，黄色的面孔泛起一片潮红，赞赏的目光在两只乌黑的眼中闪烁，“为了女人，没有什么我不肯干的事。女人仿佛就是魔鬼，毫无罪孽可言！世上再没有什么事比跟女人恋爱更甜蜜的了！”

他很有讲故事的天分，能轻而易举地为妓女们编出一些歌唱爱情的感伤动人的小曲。他的这些小曲在伏尔加河沿岸的各个城市被广为传唱。这首流传甚广的小曲就出自他手：

我本贫寒，亦无美貌，
锦衣罗裳更难找。

① 《基督山伯爵》：法国作家大仲马（1802–1870）的作品。

仅仅为此，姑娘呀！
人世孤身，无依无靠。

有一个叫特鲁索夫的行踪隐秘的人，也待我很好。他相貌堂堂，衣着讲究，手指像音乐家那样纤细。他经营着一间小店铺，处于城郊的船舶修造厂地区。铺面外边儿挂着“钟表匠”的招牌，但实际上是个销赃的场所。

“彼什科夫，你可别跟偷窃这种事沾上边！”他对我说，同时半眯起那双狡黠而又目空一切的眼睛，得意地捋着花白的胡须。

“在我看来，你不是这条路上的人，你是个重视精神生活的人。”

“重视精神生活——那是什么？”

“那就是说，对什么东西只抱有好奇，而不是羡慕。”

这样说我其实并不准确，因为我羡慕过许多人，也羡慕过许多事，比如拿巴什金来说，我就对他那种独特的诗歌般的语调、奇妙的比喻以及出色的表达能力钦羡不已。我记得他是这样开始讲述一个爱情故事的：

“黑漆漆的夜晚，我独坐在偏僻的斯维亚日斯克的一家客店里，仿佛一只缩在树洞里的猫头鹰。那时是十月，秋风萧瑟，更兼丝丝细雨，那声音就像一个受了委屈的鞑靼人绵声低唱着一曲哀歌，没有尽头：噢——噢——噢——呜——呜——呜……

“正在这时她来啦，那么轻盈，那么明艳，宛如朝阳乍现时的云彩，但眼中流露出的纯洁无瑕却是伪装的。‘亲爱的，’她带着诚挚的语调说，‘我没有对不起你。’我知道这不是事实，但却相信了她的谎言。凭理智，我能看得一清二楚，但在情感上，我却无法承认她在欺骗我！”

他嘴里讲着，身体还随着有节律地晃动，眼睛微闭，不时用手轻轻按住胸口。

他的声音虽然低沉嘶哑，但每句话都透人肺腑，有点夜莺歌唱的韵味。

我也羡慕过特鲁索夫，他讲的那些西伯利亚、希瓦、布哈拉等地的故事都那么生动有趣，而一谈起高级僧侣的生活，他又是如此冷嘲热讽、尖酸刻薄。有一次他还神秘地提到沙皇亚历山大三世：

“这位沙皇真是个能干的君主！”

小说里常有一种“坏人”，他们在故事结尾时出人意料地变成了无私的英雄。我觉得特鲁索夫就该属于这类“坏人”。

遇上闷热的夜晚，人们就会渡过喀山河，坐在对岸矮树林里的草地上，一面吃喝，一面谈起各自的事情。无非是谈谈生活的复杂、人际关系的纠缠之类，但谈得最多的还是女人。他们一谈起女人，便显得愤懑、哀伤，有时又很感人，而且总是怀着一种窥视黑暗的心态——那黑暗充满了神秘可怕的事情。在星光寂寥的黑夜，在长满河柳的湿热洼地，我和他们一同度过了两三个晚上。这里临近伏尔加河，由于晚间空气湿润的缘故，那些船桅上的灯火就像一只只金色的蜘蛛，在黑暗中向周围爬动，一簇簇火团和交织的光带闪现在漆黑的岩石河岸上，那是富裕的乌斯隆村的酒馆和民宅的窗户放射出的光芒。河水被轮船的轮片打得“噗噗”作响。驳船船队间传出水手们狼嚎似的吆喝声。不知什么地方有人在用锤子敲打着铁板，拖长了声音凄楚地唱起歌谣，抚慰自己忧伤的心灵，歌声把一抹淡淡的哀愁笼上人们的心头。

而更令人神伤的是静静地聆听这些人的轻言细语，他们思考生活，述说自己的心事，几乎并不留意别人说些什么。他们躺在、或者坐在树丛里，吸着烟，随口喝点伏特加或啤酒，沉浸在自己的回忆之中。

“我遇上过这么件事儿。”黑暗中，有人趴在地上说道。

等到故事一讲完，大家便纷纷表示：

“常有这种事啊，常能见到……”

“见过”“经常如此”“遇上不少啦”——听着这样的话，我觉得人们已经走到了生活的终点，什么都已经经历过了，再无新鲜可言。

这种感觉拉开了我和巴什金、特鲁索夫的距离，但我仍然喜欢他们。如果沿着我经历的轨迹，我跟他们走上同一条道路那是很自然的。往上爬和念大学的梦想遭受打击时，我就更愿意和他们待在一起。在忍饥挨饿、蒙受屈辱和烦恼郁闷的时候，我就相信自己完全有能力去侵犯“神圣的私有制”以及犯下其他罪行，可我却总被青年的浪漫主义从偏离的道路上拉回来。那时除了人道主义的，哈特的书和一些低级趣味的书之外，我也读过不少正正经经的书——正是它们催促着我去不断追求，虽然并不知究竟要追求什么，但那一定是比我所见过的一切都要重要得多、有意义得多的东西。

在这段时间，我交上了几个新朋友，有了些新的感触。叶夫列伊诺夫家旁边的空地常常引来一些中学生玩击木游戏 ①。他们之中有一个名叫古里·普列特尼奥夫的让我产生了好感。他有浅黑的皮肤，头发有些发青，像日本人，脸上长着雀斑，仿佛上面掺和进了火药粉。他总是很快活，游戏玩得很灵活，谈吐也幽默风趣，似乎真有种天才的萌芽蕴藏在他体内。但他也像所有天才的俄罗斯人一样，守着这点天赋过日子，再没想过去拓展、提高。他的听觉很敏锐，又有很高的音乐鉴赏力，他自己也喜好音乐，能像艺人那样出色地演奏古丝理琴 ②、三弦琴以及手风琴，但却对进而掌握更高级、更繁杂的乐器不感兴趣。他很穷，衣着褴褛。但那件皱巴巴的破衬衫，那带着无数补丁的裤子和破了洞的皮靴，却与他豪迈的气质、英挺身材的矫捷动作和粗犷的作风很是相称。

他就像一个大病初愈的病人，或者刚刚刑满释放的囚徒。在他眼里，生活中的一切都是新鲜的，美好的，带给他无限快慰的。他仿佛一支被点着的烟花，在地上蹦来蹦去。

他听说我生活困难，处境艰险，便提议让我搬到他那儿去住，还劝我准备准备，争取当上个乡村小学教师。于是，我就搬进了这个古

① 击木游戏：俄罗斯人常玩的一种游戏，划地为城，用木棒把对方竖在城内的木棍击出城外，击出多者为胜。

② 古丝理琴：古代俄罗斯的弦乐器，类似我国的古筝。

怪有趣的贫民窟——“马鲁索夫卡”，大概许多代喀山大学生都对此地非常熟悉。这是一所破败不堪的大房子，坐落在雷布诺里亚德街，它仿佛是被那些饥肠辘辘的大学生、妓女以及被社会抛弃的无用者的幽灵直接从房主的手里夺过来的。古里的住所就在连接走廊与阁楼的楼梯下面，那儿摆着他的单人床，另外还有一张桌子和一把椅子摆在走廊尽头的窗户旁，这就是他的全部家具了。走廊连着三个房间，有两间住着妓女，第三间里住着一个染有肺病的教会学院的大学生，研究数学的，又高又瘦，样子长得很可怕，头上和脸上生满了红褐色的硬毛，一身衣服肮脏而破旧，勉强能遮盖住身体，从衣服的窟窿里，暴露出他泛青的皮肤和嶙峋的肋骨，让人毛骨悚然。

他似乎只依靠吃自己的手指甲生存，把指头啃得快要出血了。他没日没夜地绘图呀、计算呀，还不停地发出咳咳的咳嗽声。妓女们都怕他，认为他是疯子，但是又同情他，常常放些面包、茶叶和砂糖之类的在他门口，他就像匹劳累的马一样呼呼地喘着粗气，把这一包包东西从地上捡起来，拿回屋去。如果妓女忘了或者因为其他什么原因而没有送给他礼物，他便打开房门，冲着走廊沙哑地叫喊：

“面包！”

在他那深陷于黑眼窝的眼睛中，闪动着一种狂人般的自命不凡和高傲。一个驼背的小个子，有时会来看看他。这人跛了一条腿，肥大的鼻子上架着一副深度眼镜，头发花白，那阉割派[①]教徒的蜡黄脸上，挂着狡黠的微笑。他们把自己关在房里，沉默不语，安安静静地一连坐上几个小时。只有一次，时至深夜，这位数学家沙哑的咆哮声把我给惊醒了：

“照我看——这简直是监牢！几何学——是笼子，哼！是抓老鼠的笼子，哼！监牢！”

瘸腿的驼背尖着嗓子发出嘿嘿的笑声，并翻来覆去地重复着一些不明所以的词句，数学家突然怒吼起来：

---

① 阉割派：又叫“修心派”，产生于俄国18世纪末，主张摆脱“世俗生活”，教徒必须实行阉割手术以绝欲。

“混账！滚！”

这位客人被赶了出来，气愤不已，在裹上宽大的破披风时，还不停地尖声叫骂。这时又高又瘦的数学家站在门口，面目狰狞，把手指插进乱蓬蓬的头发，沙哑地喊叫道：

“欧几里得[①]是个白痴！白痴……我确信，这个希腊人不如上帝聪明！”

他用力关上房门，震得屋里什么东西哗啦啦地掉了下来。

后来没多久，我听说这个人是想用数学推理来证明上帝的存在，可是在完成这一事业之前他便死了。

古里在一个印刷厂里做报纸校对工作，上的是夜班，每夜能挣十一戈比。要是我抽不出空去挣钱，我俩每天就只能吃上四俄磅面包、两戈比的茶和三戈比的糖。可我没什么时间出去干活，因为我得学习。我正拼命死啃各门学问，尤其在为那些死板的语法格式感到烦恼，我完全没法在这些僵硬的格式中填入新鲜的、灵活而质朴的现代俄罗斯语言。不过没多久，我就高兴地发现：现在学这些为时“过早”。即便我能考取乡村教师的资格，但受年龄的限制，我也不可能得到教师的职位。

古里和我同睡一张单人床，我夜里睡，他白天睡。通宵达旦的工作使他精疲力尽，面色发青，双眼红肿。他清早回来，我便马上跑到小饭馆去打开水——很自然，我们没有茶炊。然后我们就坐在窗前，吃面包、喝茶。古里会给我讲讲报上的新闻消息，读读化名为“红色多米诺”的酒鬼小品文作家的打油诗。我对古里那种玩世不恭的态度感到很奇怪，他对生活的态度，简直跟对待那个倒卖女人旧衣物兼做拉皮条生意的胖女人加尔金娜没什么两样。

楼梯下的屋角就是他从这个胖女人手里租来的，可他无力支付“房租”，于是就靠给她说说笑话、拉拉手风琴、唱唱动听的歌来做补偿。每当他用男高音唱起歌时，双眼便闪现出嘲弄的光芒。加尔金娜年轻时曾在歌剧合唱班待过，很能领悟歌曲的意义。常常有

---

① 欧几里得（公元前315—前255）：古希腊几何学家。

许多感动的泪水从她那厚颜无耻的眼睛中流出，淌过她这个酒鬼和馋鬼浮肿、铁青的面颊。她便会伸出肥胖的手指抹去泪水，然后又拿出一条令人倒胃的手绢仔细擦那指头。

“哟！古里呀，”她赞叹地说，“您真是个演员！如果您再漂亮点——我包您会走运！我安排过许多年轻小伙儿，去陪伴那些闲极无聊的女人呢！”

有一个这样的“年轻小伙儿”，就住在我们楼上。他是个大学生，一个毛皮匠的儿子。这小伙儿身材中等，胸膛很宽，大腿却异常细瘦，整个身体看起来像个锐角朝下的大三角形，而且这个锐角还折断了一点——这位大学生的脚跟女人的一样小。他的脑袋也很小，深深地陷进了肩胛，上面胡乱竖着些马鬃般的红头发，一双碧绿的眼睛从惨白、缺乏血色的脸上凸起，显得灰蒙蒙的，没什么神采。

他背弃了父亲的意愿，像条游荡的野狗一样无以为生，费尽心机，才终于念完了中学，升入大学。后来他发现自己的嗓子低沉而柔和，是副很好的男低音，于是他便一心想着学习唱歌。

加尔金娜就利用这一点，把他塞给了一个富商太太。这位太太年过四十，一个儿子已经大学三年级，女儿也快中学毕业了。富商太太很瘦，胸脯扁平，直挺挺的像个士兵，脸上的表情总是无动于衷，冷漠得跟禁欲的修女一般。她那双灰色的大眼睛深陷在两个黑黑的眼窝里。身穿黑色的连衣裙，围着旧式的丝绸头巾，一双镶着绿宝石的耳环总在耳朵下面晃来晃去。

她常在晚上或者清晨来找她的大学生。我看见过好几次，商人太太像是跳进大门似的，步伐坚定地走向院子里面。她的脸色很吓人，嘴唇紧紧地闭成了一条线，眼睛瞪得老圆，带着绝望的神情望着前方，那样子看起来像个睁眼瞎。虽说她并不是个丑陋的女人，但你能明显地感到她体内有一股紧张的力量，仿佛是这股力量拉长了她的身子，扭曲了她的面孔，使她变得丑陋不堪。

“瞧！”古里说，“真是个疯婆娘！”

大学生对这位商人太太非常厌恶，总想避开她。商人太太却像一个冷酷无情的债主或者暗探一般，死死抓着他不放。

“我是个不能抛头露面的人。”大学生喝了酒后，后悔地说，

“唉！我为什么要去唱歌？就凭这长相和这身材，人家就不可能让我登台表演，绝不可能！”

“你别再跟那婆娘纠缠不清啦！”古里劝他说。

“你说得对。只是我可怜她！我真没法忍受，但是又要可怜她。你要是知道她是怎么……唉！”

其实我们早就知道，因为有天晚上，我们听见那个女人站在楼梯上，用颤抖的声音低声哀求：

“看在上帝的份上……我的宝贝，噢——看在上帝的份上！”

这位商人太太控制着一家大工厂，拥有大量房产和车马，还曾向产科学校捐赠过数千卢布，而如今却像一个乞丐一样乞求男人的抚爱。

喝完早茶，古里便躺下睡觉，而我则到外边去干点杂活儿，晚上才能回来，那时古里又该去工作了。如果我能带回点面包、香肠或者煮牛杂什么的，我们就平分，他带走他的那一份儿。

我一个人闲下来时，就在“马鲁索夫卡”的走廊上转悠，看看我这些新邻居们过的是什么日子。这幢房子真是拥挤不堪，宛如一个蚂蚁窝。到处弥漫着刺鼻的酸臭味儿，每个角落都隐藏着充满敌意的浓厚的阴影。这里从早到晚都嘈杂不休：缝纫机的响声从不间断；歌剧班的歌女们在吊嗓子；一个大学生用男低音哼着音阶；一个半癫狂的，发着酒疯的男演员，手舞足蹈地高声朗诵对白；喝醉的妓女们有事没事地狂叫个不停。面对这一切，我心里不禁生出一个无法回答的疑问：

“这一切究竟是为了什么呢？”

有一个秃脑门周围长着红头发的人，颧骨很高，肚子又大又圆，却长着两条细腿，肥厚的嘴唇包着一口马牙般的牙齿。因为这口牙齿，他得到了一个“红毛大马”的绰号。他常和那些食不果腹的年轻人混在一起。他跟他亲戚——辛比尔斯克的商人打官司已经

打了三年，并逢人便说：

“我豁出性命不要，也得把他们彻底搞垮！让他们沦落街头，过上三年乞丐生活，然后，我就把判给我的财产统统还给他们，再对他们说：‘怎么样，混账东西们？现在领教我的厉害了吧！’”

“这就是你生活的目标吗，红毛大马？”人们问他。

“我这一生就只为干这件事，别的什么都不想！”

他每天都在地方法院、高等法院和他委托的律师之间转来转去，经常在晚上乘着马车带回许多纸袋、蒲包、酒瓶。在他那间天花板坍落、地板凹陷的龌龊房间里，把大学生、缝衣女以及所有想饱餐一顿、喝上点酒的人都邀请来，一块儿热闹热闹。“红毛大马”自己只喝甜酒——那种一旦溅到桌布、衣服、甚至地板上，都会留下洗不掉的紫红色污迹的甜酒。他喝醉了便叫喊起来：

“你们这些小鸟呀！我喜欢你们，你们都是些正正经经的人啊！而我呢，却是个恶棍，是条吃人的鳄鱼。我想吞掉我的亲戚，我一定要给他们致命的一击！真的，拼了命我也要把他们搞垮……”

“红毛大马”像是受了什么委屈似的眨动着双眼，醉汉的泪水顺着他难看的高颧骨面颊流淌下来，他伸出手掌擦了擦眼泪，又在膝盖上抹干——他肥大的裤子经常沾满了斑斑油渍。

“你们这算什么样的生活呀！”他大叫道，“饥饿、寒冷、衣衫褴褛——这莫非就是秩序吗？这样的生活会有什么希望？要是沙皇了解到你们的生活……”

接着，他从口袋里掏出一把花花绿绿的钞票，冲着大家喊：

“嘿！谁需要钱？兄弟们！都拿去吧！”

歌女们和缝衣女们争先恐后的想从他毛茸茸的大手里夺走那些钱。他却哈哈大笑起来，说道：

“这不是给你们的！是给大学生的。”

可大学生们却并不去拿钱。

“去你的几个臭钱吧！”毛皮匠的儿子生气地叫道。

一天，他自己喝醉了，带了一把揉成硬团的十卢布钞票到古里这儿来，把钱往桌上一扔说道：

“这钱，你要不要？反正我不要了……”

他躺在我们的单人床上，大嚷大闹，还哭了起来，我们只好给他浇水、灌水，让他醒醒酒。等他睡了之后，古里试图把钞票一张张展开，但却根本没有办法，它们被揉得太紧了，必须先用水润湿，才能把它们分开。

他房间的窗户紧对着隔壁的石墙，屋里烟雾缭绕，肮脏不堪，狭窄憋闷，加上人声嘈杂，这一切无不让人厌恶。“红毛大马”却比谁都叫嚷得更响。我问他：

“为什么你不去住大酒店，而偏要上这儿来呢？”

“好兄弟！就图个心头痛快啊！跟你们在一起，我的心是热乎乎的……”

毛皮匠的儿子立即赞同道：

“红毛大马说得对！我也有同感。要是在别的什么地方，我早完啦！”

“红毛大马”央求古里道：

“弹起你的琴！唱唱歌吧……”

古里坐下来，把古丝理琴放上膝头，边弹边唱：

红红的太阳啊，
快升起来吧！快升起来……

他的歌声轻柔舒缓，牵动着每个人的心。

房间里安静下来，大家都沉醉在那幽怨的歌声和缥渺的琴声之中。

“唱得太好了！小伙子！”那个倒霉的、陪伴富商太太的大学生叫了起来。

在住在这个大房子里的形形色色的人中，古里最具有营造欢快气氛的才智，简直就像神话里的善神一样。他洋溢着青春的活力，能讲出巧妙的笑话，会唱优美的歌曲，敢对陈风陋俗大肆嘲讽，还敢捅破生活中的大谎言，这一切无疑给大家的生活带来了一丝光明。他刚刚过二十岁，外表还像个孩子，但在这所大房子里的人们看来，他是排忧解难的顾问和好帮手。善良的人都喜欢他，坏蛋则害怕他，甚至那个老岗警尼基福雷奇，也常挂着狡猾的微笑跟他打招呼。

“马鲁索卡夫”这所大房子，是上山的“要道”，连接着雷布诺里亚德和老戈尔舍奇纳两条街。出我们住所的大门没几步，便是尼基福雷奇的岗亭，它就安然地坐落在老戈尔舍奇纳街的拐角处。

他是我们街区的警长，高高瘦瘦的个子，胸前总挂满了奖章。老头儿的脸显得挺精明，笑容也很友善，可一双眼睛却总闪着狡黠的光亮。

他密切地注意着我们这所鱼龙混杂、吵吵闹闹的大房子。每天，他都会穿得一本正经地上我们这儿巡查好几次，他走路不紧不慢，从这个窗口望到那个窗口，那样子仿佛是动物看守员在检查笼子里的野兽。今年冬天，他从一个房间里把退役的独臂军官斯米尔诺夫和士兵穆拉托夫抓走了。他俩都曾参加了斯科别列夫统率的阿哈尔——帖金远征军，还获过圣乔治十字勋章。佐布宁、奥尔相金、格里戈里耶夫、克雷洛夫和另外一些人也被逮捕起来。罪名是企图建立秘密印刷厂，穆拉托夫和斯米尔诺夫正是为了这个目的，才在星期天去城里的克柳奇尼科夫印刷厂偷铅字，就为这事他们被捕了。另一天夜里，那个我曾称他为“活钟楼”的郁郁寡欢的高个子，也被宪兵们从“马鲁索夫卡”抓走了。古里第二天早晨听说这一消息后，气恼地搔乱了他的黑头发，对我说：

“马克西莫维奇！简直太糟了！快去！老弟，得赶快……”

他跟我说明了应该上哪儿去，又添上一句：

“留神——千万小心！那里没准儿有暗探……”

我对能接受这个秘密任务而兴奋异常，像雨燕似的飞快地跑到了船厂区。我走进一家阴暗的铜器店铺，看见一个有着碧蓝眼睛和鬈曲头发的年轻人，正在给一口平底锅镀锡，但他的样子却并不像个工人。屋角的老虎钳旁，一个把白头发用皮带子扎起来的小个子老头，正忙着磨制铜活塞。

我问铜匠：

“你们这儿有活儿干吗？”

那老头儿没带好气地答道：

“我们有，但没有给你干的！”

那个年轻人瞥了我一眼，便又埋头镀锅。我用脚轻轻碰了碰他的脚，他一下子惊怒地抬起蓝眼睛盯住我。手里抓住锅把，似乎要把锅朝我砸过来的样子。可他见到我对他使眼色，便又平下心来，对我说：

“走吧，走吧！”

我又给他使了个眼色，才转身出了门，站在街上。鬈发青年也直起腰跟着走了出来，一言不发地盯着我，兀自点起了一根烟卷。

“你是吉洪吧？”

“嗯，不错！”

“彼得被抓走了。”

他气愤地紧锁眉头，两眼不住地打量着我。

“哪个彼得呀？”

“高个子，长得像教堂助祭。”

“嗯？”

“就这些。”

“彼得，助祭，这跟我有什么关系？”铜匠问道。他的语气让我更加确信，他绝不仅仅是个铜器工人。回到大房子时，我很有些自鸣得意，因为我完成了别人交付的任务。这是我头一次搞“地下”活动。

古里·普列特尼奥夫和那些人来往甚密。我向他提出过加入他们组织的请求，可他却回答：

“老弟，你还太小！先好好学习吧……”

有一次，叶夫列伊诺夫介绍我去见一个神秘人物。这次会面安排得非常小心谨慎，使我预感到将要发生的是件非同寻常的事。叶夫列伊诺夫把我带到城外的阿尔斯科耶波列，一路上千叮咛万嘱咐要我注意安全，还要求我对此事绝对保密。随后，他四下张望了一会儿，指着在远处荒地上慢慢走动的一个小小的灰色身影，对我低声说：

“就是他！跟上去吧！他一停下来，你就对他说：‘我是个新来的……’”

秘密活动总是愉快的。可是这次的会面却令人感到可笑：在明晃晃的阳光下，一个人像根灰色的野草一般独自在荒野里游荡，其他再没有什么。我直到墓地门口才赶上他，原来是个脸又瘦又小的青年，两只眼睛圆圆的跟小鸟一样，却流露出严肃的神色。他穿着一件中学生的灰大衣，原先的浅色扣子已经掉了，取而代之的是几个黑色的骨制纽扣，学生帽又旧又破，还保留着校徽的痕迹，总的说来，他身上过早地显露出了什么，似乎是急于想表现出成熟的姿态。

我们坐进墓地中间的灌木林荫里。这个人说话枯燥乏味，干巴巴的，我对他整个人都没什么好感。他一本正经地问我读过些什么书，然后要求我加入他领导的小组，我同意了，接着我们便分了手。他先离开，不住地谨慎地朝空旷的荒野四面张望。

另外还有三四个青年也参加了这个小组，我是组里年纪最小的，也从未读过什么约翰·斯图尔特·穆勒的著作和车尔尼雪夫斯基①所作的评注。我们聚会的场所是一个叫米洛夫斯基的师范学院大学生的家，他后来用叶列翁斯基作笔名发表过一些短篇小说，但在写完五本书后，他就自杀了——那样轻易地结束了自己的生命，就如我见过的许多人一样。

这个师范学院的大学生是个沉默寡言的人，思维不太活跃，说话小心翼翼。他的住所就是一幢肮脏楼房的地下室。为了保持“身心平衡”，他每天都要干点细木工活儿。跟他待在一起，我觉得很

① 车尔尼雪夫斯基（1828—1889）：俄国革命民主主义者。他对穆勒的政治经济学理论写过批评文字。

没意思。穆勒的著作也没什么吸引力，因为很快我就发现这些经济学原理其实我早已了如指掌，凭借我亲身的经历就能直接领会。我以为把这些道理用艰涩的语言写成一大本书简直有些多此一举，只要是为“他人”的幸福和安适付出过努力的人，对这些道理都很清楚。这对我来说实在不是件轻松事——在这个弥漫着鳔胶臭味的地下室里，看着小虫子在脏兮兮的墙上抓来爬去，就这么呆坐上两三个钟头。

有一次，小组教师没按时来上课，我们都以为他不会来了，于是去买了一瓶伏特加和一些面包、黄瓜，搞出一次小小的酒宴。突然，老师的灰色裤腿从地下室的窗口一闪而过。我刚把酒藏到桌下，他就进来了，开始讲述车尔尼雪夫斯基的那些高深见解。我们就跟木头人似的，一动不动地坐着，生怕有谁一不小心踢翻了酒瓶。结果是老师把酒瓶给碰倒了，他只朝桌子底下看了看，什么也没说。哎！他要是冲我们大发雷霆倒好些呢。

他那张沉默、严峻的脸和那双恼怒得半眯起来的眼睛，都让我感到坐立不安。我偷偷望了望同志们，也都一个个羞红了脸。虽然并不是我提议买酒的，但我总觉得有种负罪感，对老师怀着深深的歉意。

读书让人百无聊赖，我真想到鞑靼区去，那里的人善良纯朴，过着特殊的纯净生活，讲一口好笑的跑调的俄语。每天傍晚，他们便在来自清真寺高塔上的伊斯兰教士奇怪声音的召唤下，到清真寺作礼拜。我想，鞑靼人的生活属于另一个世界，属于那个我不熟悉、也不喜欢的世界。

我向往的是伏尔加河上劳动生活的音乐，那种音乐令我沉醉至今。我首次感受到劳动中美妙诗意的那一天，一直深深地印在我的脑海之中。

一艘装载着波斯货物的大驳船，在喀山附近触礁搁了浅，船底被撞出了窟窿。装卸班的工人带我一起去卸货。那时正值九月，从上游来的风吹得呼呼直响，一层又一层波浪从灰蒙蒙的江面上翻滚而起，又被狂风打成碎沫，冰凉的秋雨不住地洒向大江。这个装卸班大约有五十人，他们身上披着破草席或帆布，一个个神色黯然地蹲坐在空驳船的甲板上。拖着空驳船的是一艘小火轮，不住地喘着气，向风雨中吐出一条条红色火舌。

天色晚了。深灰色的湿润天空变得昏暗凝重，朝河面低垂下来。装卸工们七嘴八舌地抱怨着，咒骂寒雨、咒骂狂风，也咒骂生活，他们在甲板上懒散地走来走去，想驱走寒气和湿气。我有一种感觉，这群昏昏沉沉的人没法干活，也抢救不出那些正在沉没的货物。

深夜时船才驶到了事故地点，人们把空驳船的甲板和那条搁浅大驳船的甲板紧紧系在一起。装卸班的班头是个狡猾的老头儿，脸上生满了麻子，鼻子和眼睛长得像老鹰，嘴里常常不干不净的。他从秃头上摘下湿漉漉的帽子，像女人似的尖声叫道：

“伙计们！祈祷吧！”

黑暗中，装卸工们在甲板上聚成了黑压压的一片，像一群狗熊似的发出呜呜的闷响。班头首先做完祷告，又尖声喊道：

“点上灯！小伙子们，露上一手！伙计们好好干！上帝保佑，动手吧！”

于是，这群愁容满面、萎靡不振、被雨水淋透的人们开始大显身手了。他们像是上战场战斗一般，飞奔上那艘正在沉没的大驳船的甲板，跳入船舱——连声呼喊着，叫着嚷着，讲着笑话。一袋袋大米，一包包葡萄干，一扎扎皮革和鬈毛羔羊皮，像鸭绒枕头似的一个个轻飘飘地从我身旁掠过。那些矮壮的身影来回不住地飞跑，以呼嚎、喊叫和叱骂相互鼓励着。真让人难以置信，这群人刚才还在垂头丧气地抱怨生活、抱怨风雨和寒冷，可现在干起活儿来竟如此兴高采烈、生龙活虎。这时雨更大了，天更冷了，风也愈发张狂，吹开了人们的衬衫，把衣襟吹卷到头上，露出了下面的肚子。六盏灯笼微弱的光芒穿透了这潮湿的黑夜，照出一个个来来回回的黑色人影，驳船的甲板被踩踏得咚咚直响。他们那股气势，仿佛是渴求着劳动，仿佛早就期待着享受传递四普特重的米袋和扛着大包比赛乐趣这一天的到来。他们干得那么欢快、那么浑然忘我，就像小孩子沉迷于一种游戏，大概除了拥抱女人之外，再没有比这更甜美的事了。

有一个穿着紧腰长外衣、满脸胡须的高个儿大汉，浑身被淋得透湿，看起来像是货船的老板或者老板的代理。他突然激动地大喊道：

“棒小伙儿们！我赏你们一桶酒！伙计们！两桶也成！加油干呀！”

黑暗里，几个人从不同的角落哑着嗓子叫道：

“三桶吧！”

“就三桶！干吧！加把劲儿！”

于是，劳动的气氛更加热烈起来。

我也扛起米袋，背走，抛下，又跑回去扛另一袋。我觉得自己在同周围的所有人一起疯狂地舞蹈，觉得似乎这些人能够一直这样欢快地、竭尽全力地劳动下去，月复一月，年复一年，永不停歇，似乎他们能够扛起城里的钟楼和高塔，把这个城市随意搬向任何地方。

这一夜，我体会到了前所未有的痛快。我的心被一种永远这样疯狂、快乐地劳动的愿望照得清澈透亮。船舷外，波涛汹涌；甲板上，雨声哗然；河面上，狂风怒啸。在黎明的缥缈涛雾中，这群湿淋淋的、赤裸半身的人，飞快地跑来跑去，喊着、笑着、炫耀着自己的力量，自己的劳动。这时，厚重的乌云已经被风吹散，红红的阳光从一小块蔚蓝、洁净的天空铺撒而下，这群快活的野兽抖动着笑脸上湿漉漉的胡须，向着太阳欢呼起来。这些在劳动时多么聪明灵巧，多么浑然忘我的可爱的两脚野兽，我真想拥抱他们，亲吻他们。

这股狂欢的力量仿佛没有任何东西能够抑制，它能为大地创造奇迹，能够像预言的神话一样，在一夜之间就建造起遍地美丽的宫殿和城市。阳光只照耀了人们劳动的一两分钟，便又被乌云吞没，就像一个落入大海的孩子，深深地沉入了云层。瓢泼大雨代替小雨倾泻了下来。

“走吧！”不知谁喊了一句，可招来的却是无数激愤的回答：

“我看你敢走！”

直至下午两点，整船货物终于搬运完毕。这群赤着上身的人在暴雨和狂风中，毫不停歇地工作，这令我不得不钦佩刚刚才懂得的道理：人世间原来充满着如此强大的力量！

然后，大家又上了小火轮，一个个喝醉了酒似的睡着了。船一到达喀山码头，他们便像一股灰色泥流涌上了沙岸，径直去小酒馆喝他们的三桶伏特加了。

在酒馆，小偷巴什金来到我面前，打量了我一阵，问道：

“他们让您去干什么呀？”

我喜不自禁地跟他讲述了劳动的场面。他听完后，叹了口气，带着蔑视的神色说：

“笨蛋！你连笨蛋都不如，你是——大傻瓜！”

他吹着口哨，身子像在水中游泳的鱼一样摆动着，滑过一排排酒桌走掉了。这时，装卸工们正围着桌子热热闹闹地大吃大喝。从一个角落，传出了一支用男高音唱起的猥亵小曲：

嗳嘿，正是夜深人静时，
有钱人家的太太呀，
才上花园找找乐子，嗳嘿！

十几条嗓子同时震天动地地吼起来，手掌在桌沿啪啪地打着拍子：

那个更夫呦，满城正巡夜，
正瞧见，太太躺在地上呦……

小酒馆里开了锅，有人放声大笑，有人吹着口哨，乱七八糟的脏话此起彼伏，世间再也难找比这更不堪入耳的脏话了。

经别人介绍，我认识了杂货铺老板安德烈·杰连科夫。他的店铺隐蔽在一条僻陋小巷的尽头，紧挨着堆满垃圾的沟道。

杰连科夫有些残疾，他的一只胳膊患有麻痹症，但他的面容和善，胡须呈银灰色，眼睛中闪着智慧的光彩。他是全城首屈一指的藏书家，收藏着一些禁书和珍本书——喀山许多学校的大学生和各种有革命思想的人，都来他这儿借书。

杰连科夫的杂货铺是一间低矮的平房，紧挨着它的，是一个以兑换银钱为生的阉割派教徒的住所。店铺的一扇门通往一个大房间，房间里微弱的光线完全依赖于一面朝向院子的窗户。穿过大房间，可以到厨房。在小厨房后面，在通往邻宅的阴暗走廊拐角处，有一间隐秘的小仓房，这个仓房就是杰连科夫的秘密图书室。图书室的一部分书籍是用钢笔抄录在厚笔记本上的，比如有拉夫罗夫①的《历史性的书信》，车尔尼雪夫斯基的《怎么办》，皮萨列夫②的论文集，还有《沙皇就是饥饿》③《巧妙的圈套》④，这些手抄本已经被读过多次，揉得很破旧了。

我第一次踏进这个杂货铺时，杰连科夫正在招呼顾客，他冲着通向大房间的门对我点点头。我走进去，看见一个像谢拉菲姆·萨罗夫斯基⑤一样的小老头儿，正跪在昏暗的屋角做虔诚的祈祷。我见到这样的情形，心里觉得很不是味儿，甚至有些反感。

人们对我谈起杰连科夫时都把他视作民粹派，民粹派在我的印象里就是革命者，而一个革命者是不应该信仰上帝的。我觉得这个做祷告的小老头对于这房子来说完全是多余的。

做完了祷告，他用手仔细地把白头发和白胡须抚弄平整，端详着我说：

---

① 拉夫罗夫（1823—1900）：俄国民粹党人。一八六八至一八六九年间，用笔名米尔托夫发表此书。

② 皮萨列夫（1840—1868）：俄国革命民主主义者。

③ 《沙皇就是饥饿》：俄国生物化学家阿列克谢·尼古拉耶维奇·巴赫（1857—1946）在一八八三年参加民粹派时写的一本书。

④ 《巧妙的圈套》：俄国工业统计学奠基人瓦尔扎尔（1851—1940）写的一本小册子。

⑤ 谢拉菲姆·萨罗夫斯基（1760—1833）：唐波夫省萨罗夫修道院的修士，二十世纪初被东正教会尊为圣徒。

“我是安德烈的爸爸。你是谁？哦，原来是这样！我还以为是化了装的大学生呢。”

“大学生为什么要化装呢？”我问道。

“是啊！”老头轻轻回答道，“他们再怎么化装，上帝还是会认得出的！”

他走进了厨房。我在窗前坐下来想自己的事，突然有人叫了一声：

“他原来是这样的！”

一个一身白衣的姑娘站在厨房门口，她浅黄的头发剪得很短，两只蓝蓝的带着微笑的眼睛，在那苍白浮肿的脸上显得格外有神。那样子，仿佛是个廉价石印画上的小天使。

“您为什么要惊讶呢？我有那么可怕吗？”她说道，声音微弱又有些颤抖，同时用手扶着墙，小心翼翼地朝我一步步挪过来，仿佛她脚下不是结实的地板，而是一条在半空中晃来晃去的绳索。这种对走路的生疏样子，更使她显得不同寻常了。她浑身颤抖，就像有无数尖针。刺入了她的脚掌，又像墙壁变得滚热，以至灼伤了她婴儿般浮肿的手。奇怪的是，她的手指直僵僵的，很难动弹。

我一言不发地站在她面前，心里怀着一种莫名其妙的仓皇和深切的怜悯。在这间昏暗的屋子里，一切都显得那么非同寻常。

姑娘坐上了椅子，畏畏缩缩的，好像担心椅子会一下子从她身下飞走。她天真地告诉我（谁都不会这么做），四五天前她才开始走动，过去的三个月她都没法动弹，只能躺在床上，她的手和脚都失去了知觉。

“我得了一种神经麻痹症。”她微笑着说道。

记得当时我很希望得到对她病情的其他解释，神经麻痹症一说，对这样一个姑娘和这样一所奇特的房子而言，似乎太过简单了。在这屋里，每件东西都怯懦地贴紧墙壁，屋角圣像前的长明灯明亮得有些刺眼，大餐桌的白桌布上，爬着铜灯链略带几分诡秘的黑影。

“我听许多人谈起过你，很想见见你究竟长什么样。”她的声音跟孩子一样轻细。

这个姑娘用一种令人手足无措的目光盯着我，她那双蓝眼睛中闪耀着能够穿透一切遮掩的光芒。在这姑娘面前，我不能说话，也说不出什么。我只能保持缄默，兀自张望着墙上挂的赫尔岑、达尔文、加里波第[①]等人的画像。

一个跟我差不多大的小伙子突然从杂货铺冲了进来，一头浅黄色的头发，瞪着一双不讲礼数的眼睛，用嘶哑的嗓子喊道：

“你怎么偷跑出来啦？玛丽亚！”

说罢，又匆匆地钻进了厨房。

“他是我弟弟，阿列克谢！”姑娘说，“我在产科学校学习，正赶上生病了。您怎么一句话也不说？您觉得不自在吗？”

杰连科夫走了进来，那只残疾人手被端在怀里，他默默地用另一只手摩挲着妹妹柔软的头发，把它们搞得乱蓬蓬的，同时又问我想找个什么样的活儿。

随后又进来一个红色鬈发、身段优美的姑娘，她用浅绿的眼睛带着几分责怪地看了我一眼，拉起白衣姑娘的手说：

“行了，玛丽亚！”

接着便扶着她走了。

这样成熟的名字被用在一个小姑娘身上，总让人觉得别扭。

我离开了杂货铺，心里一直平静不下来。第二天晚上我又来到这所房子，想要搞清楚他们的生活到底是什么样儿——这种生活充满了神秘感。

那个和善的老头儿斯捷潘·伊凡诺维奇面色苍白，就像一块透明的玻璃，带着微笑坐在角落里，一面张望一面翕动着乌青的嘴唇，似乎在央求：

“请别来干扰我！”

他整天都诚惶诚恐，像只小兔子似的，总担心会遇上什么灾难——他的这种心情我早已看透。

安德烈的一只手已经残废了，他穿着一件灰色短褂，褂子前胸

---

① 加里波第（1807—1882）：意大利资产阶级革命家。

的一块满是油渍和硬得像树皮一样的面疙疤。他侧着身在屋里来来回回地踱步，脸上挂着歉意的微笑，就像是个做错了事刚被原谅的淘气孩子。弟弟阿列克谢是个又懒惰又笨拙的青年，待在铺子里给他做帮手。他的三弟叫伊凡，是师范学院的学生，平时住在学生宿舍，遇上节假日才能回趟家。三弟个子不高，衣着整洁，头发也梳得有板有眼，很有点政府官吏的架势。患病的玛丽亚住在上面的阁楼里，很少下来。她每次下楼都让我浑身不自在，仿佛被无形的绳子捆住了手脚。

杰连科夫的家务活儿，主要是由那个跟阉割派教徒房东同居的女人来操持的。这是个高高瘦瘦的女人，有一张木偶般的面孔，眼睛里有一种凶恶的修女所特有的神色。她有一个名叫娜斯佳的红头发女儿。娜斯佳也常在那里转悠，当她那双绿色眼睛看到男人时，那鹰钩鼻子的鼻孔也就不住地翕动起来。

但是，那些喀山大学、神学院、兽医学院的大学生们才是杰连科夫家真正的主人。这群吵吵闹闹的青年，他们成天关心着广大的人民，担忧着民族的前途。他们常常会为报上的文章、刚从书中读到的观点、城里和大学生中发生的事而激动不已，每天晚上，他们都从喀山的各条街道聚集到杰连科夫的杂货铺，要么热烈地争论，要么在角落里轻言细语地交谈。他们还会随身带来一本厚厚的书，用手指头在书页中指指划划，相互叫嚷，力图阐明各自推崇的真理。

当然，我对这些辩论是摸不着头脑的，那些真理往往会被长篇累牍的空谈所淹没，就像星星点点的油水漂在穷人家的稀粥里一样。有几个大学生让我联想到伏尔加河沿岸教派的那些满腹经纶的老头子，但是我也明白，眼前的这些人确实想把生活改造得更美好，虽然他们的真诚在空话的冲刷下显得有些苍白，但却并没有被完全掩盖。对他们想要解决的问题，我很能理解，我也同样希望能够找到解决问题的最妥善的办法。我常常发现，那些我没能说出来的思想，在大学生们的谈话里却被明白地表述了出来，而我也满怀激情地热爱着这些人，那感觉就跟一个被赐予了自由的囚犯一样。

而在他们眼中，我仿佛就是木匠眼中的一块能够制造成超凡物品的木材。

“一个天才！”我常常被他们以骄傲的口吻这样介绍给对方，就像我是一枚被小孩半路拾到、又炫耀给别人看的五戈比小铜钱。我很不喜欢别人称我为“天才”或“人民之子”，我倒觉得自己是生活中的不幸者。有时我会深切地感受到一种沉重的压迫感，它就来自那些指导我学习的大学生。比如，我在书店橱窗里看见一本书，名为《格言与箴言》[①]，我对这几个字一点儿也不理解，很想能读读这本书，于是就去一个神学院的大学生那儿请求借阅。

“嘿，您真行！”这位长得像个黑人、有着鬈发和厚嘴唇的未来大主教，用尖酸的语调讥讽道，“老弟！你真是乱来一气！先读好让你读的，别去乱折腾那些不着边儿的东西！”

这位导师粗暴的语气使我感受到深深的伤害。当然，我后来还是买下了那本书。至于钱，一部分是从码头上干活儿赚来的，另一部分则是从杰连科夫那儿借的。这是我买的第一本正儿八经的书，到现在我还仍然保存着它。

总的说来，人们对待我的态度几近于苛刻。有一次，我读完《社会科学入门》[②]之后，觉得作者在论及游牧部落对人类文化的作用时有些言过其实，而对那些富有创造力的流浪者和狩猎者重视不够。我对一个文科大学生讲述了这种怀疑，可他却在他那娘娘腔的脸上摆出一副义正词严的架势，跟我大谈特谈“批评权”的问题，谈了整整一小时。

“取得批评权的前提，就是要信奉某种真理，而你信奉了什么？”他质问我道。

他是个连走路也不放弃书本的人，会用书挡住了脸走在人行道上，因而经常撞到人。他患了斑疹伤寒躺在自己的阁楼上时，仍然高声喊叫：

① 《格言与箴言》：亚瑟·叔本华的作品。
② 《社会科学入门》：俄国社会学家贝尔维（1829—1918）的作品。

“道德——那是自由因素与强制因素的有机融合——融合，融合……”

这个文弱的书生，在饥饿的长期困扰下，身体已经虚弱不堪，加之偏执地追求绝对真理，更搞得身心交瘁，除了读书，他再没有其他爱好，一旦他自认为调和了两个强有力的社会思潮之间的矛盾时，他温柔的黑眼睛就会闪露出孩子般满足的笑容。在离开喀山十年以后，我跟他又在哈尔科夫城碰到了一起，那时他刚结束了在凯姆的五年流放生涯，重又回到大学读书。依我看，他成天深陷于成堆的矛盾之中，甚至在他被肺痨折磨得接近死亡之时，还在为调和尼采和马克思主义而呕心沥血。有一次，他用冰凉、黏湿的手指抓住我的手，一面咯着血，一面嘶声说道：

“要是不能统一矛盾，生活就没法继续！”

后来，在去大学上课的路上，他死在了电车里。我见过不少这样理智的殉道者，他们在我的记忆中，占据着神圣的位置。

经常在杰连科夫的小店铺聚会的人中，有二十来个是这样的人。其中一个是日本人，名叫佐藤·潘捷雷蒙，就读于神学院。偶尔还有一位胸膛宽阔的高个子，长着满脸的络腮胡子，剃着鞑靼式的光头。这人常穿一件灰色的哥萨克式短外衣，领扣一直向上延伸到下巴。他一向坐在屋子的一个角落，叼着一根短烟斗，用灰色眼睛静静地望着大家。他的眼光不时落在我脸上，使我觉得这个人在严肃地观察我，于是就生出一种莫名的担心和害怕。我对他的沉默寡言感到奇怪。周围的人全都在高谈阔论，声音高亢而且大胆，他们的讲话越是慷慨激昂，我就越是喜欢。但是我花了很长时间才慢慢发现，原来在那些激烈言词的包装之下，隐藏的常常是些单薄、虚假的思想。然而，这位络腮胡子的大高个儿在心里到底想着些什么呢?

他被大家称作“霍霍尔”[①]，大概除了杰连科夫，就没有人知道他的真实姓名。后来我听说，这人是个流放的犯人，刚刚服满十年

① 霍霍尔：帝俄时代，俄罗斯人对乌克兰人的蔑称。“霍霍尔”原意是指头上留的一撮毛，是乌克兰人的发型。

刑期，从雅库特省回到这里。这使得我对他更有兴趣了，只是仍然鼓不起勇气去与他结交。我其实并不是个腼腆、拘谨的人，相反，我有一股强烈的好奇心，催促着我尽快地洞悉一切，这种性格害得我终生无法专注于一件事情。

当他们谈及人民时，我惊奇而又不自信地发觉，我跟这些人有着如此迥异的看法。在他们眼中，人民几乎像上帝一样完美，既是智慧、美德与善良的体现者，又是一切美好、正义、伟大因素的载体。我对这样的人民毫不了解。我所接触到的是木匠、装卸工、石匠，还有我所熟悉的雅科夫、奥西普、格里戈里。[①]但他们谈的人民却是一个统一的整体，并且把自己放在比人民低贱的位置，完全听从于人民的意志。我觉得，那美好而强有力的思想正是通过这些人才得以体现，他们身上集聚并显露着一种希望按照博爱准则重新创建自由生活的强烈愿望。

在那些我以前接触过的人身上，我没有发现过什么博爱精神。但在这儿，这种精神却蕴含在每一句话里，闪耀在每一个眼光里。

这些人民崇拜者的话，对我而言，就像撒向干涸土地上的及时雨，而从那些描写农村苦难和农民艰辛的朴素的文学作品中，我也获益匪浅。我觉得，只有对人怀着真诚、强烈的爱，才能产生出寻找和理解人生意义所必需的力量。我不再只局限于自己的世界，而开始更多地关注他人了。

杰连科夫信任地告诉我，他做买卖的全部所得，都花费在帮助那些相信“人民的幸福高于一切”的人身上了。他围着他们团团转，就像一个虔诚的助祭在协助大主教做弥撒，真诚地流露出这些读书人的机智带给他的喜悦。他常常是揣起那只残疾的手，带着满足的微笑用另一只手不住地捋着自己松软的胡须，问我道：

“好不好？就是这样才对！”

当那个声调听起来像鸭叫的兽医拉夫罗夫，特立独行地攻击起

---

① 这些都是高尔基第二部自传小说《在人间》里的人物，雅科夫是轮船司炉，奥西普是木匠格里戈里是泥水匠。

民粹派时，杰连科夫惊讶地闭上了眼，低声说道：

“一个捣蛋的家伙！”

他跟我对民粹党抱有相似的态度，可大学生们对杰连科夫的态度，在我看来，倒像是贵族对待奴仆或堂倌一样，显得粗暴、傲慢。他自己并没有这样的感受。他送走客人后，常常会留我过夜，我们一起把房间打扫干净，然后就在铺在地上的毛毡上躺下，借着长明灯昏黄、微弱的光亮，絮絮叨叨地谈上很久。他怀着一个虔诚信徒的真诚喜悦对我说：

“千千万万的好人会这样聚集起来，占据俄罗斯所有的显要位置，生活就会一下子变个样啦！”

他比我大了十岁左右，我看得出，他很喜欢那个红头发的娜斯佳。在别人面前，他总是逃避她那热情洋溢的眼睛，对她说话也是以一种命令式的生硬语调，只是在她转过身去以后，才用爱慕的眼光偷偷瞟她。当他俩单独在一起说些什么的时候，他就显得手足无措，只是不停地捋着胡子微笑。

他的小妹妹也时常缩在角落里听众人辩论。她听得很认真，因为紧张，她那稚气的脸被好笑的绷得紧紧的，两只眼睛也睁得圆圆的，每当听到特别尖锐的语句，她便抽一口气，仿佛身上被泼上了冰水。一个棕红头发的医学系大学生，总围着她转来转去，跟只大公鸡似的，还不时神秘兮兮地低声对她说些什么，并严肃地皱起眉头，这一切都显得挺有意思。

但是秋天到了，要是我不找个固定的“活儿”，生活就无以为继了。我被眼前的一切所深深陶醉，工作的时间越来越少，只能依赖别人的面包把日子维持下去，可是这种面包却多么难以下咽啊。我必须得找个“活儿”来熬过冬天。于是，我来到了瓦西里·谢苗诺夫的面包坊。

我曾在短篇小说《老板》《科诺瓦洛夫》和《二十六个和一个》中，都对这一时期的生活有所描述。这个时期充满着痛苦，但也给了我深刻的教育。

肉体的痛苦暂且不提，更难以忍受的是精神上的痛苦。

我一走进面包坊的地下室，便有一道“忘却的墙”横亘在我与那些以前天天听他们说话、天天见面的人之间。他们中没有谁来面包坊看我，我也很难到杰连科夫那儿去了——每天我都干十四小时活儿，节假日不是睡觉，就是同面包坊的伙计们混在一起。有些伙计打开头起，就把我视作逗趣的小丑，而有些人则像天真的孩子对待会讲有趣故事的人一样对待我。天知道我都讲了些什么，不过肯定都是一些激发他们希望——那种对更快乐、更有意义的生活的希望——的故事。有时我能讲得非常出色，看着从他们浮肿面颊上流露出的黯然神伤的神情，看着他们眼中闪耀的愤怒和仇恨的光芒，我感到非常高兴，并且自豪地想：我也在做“群众工作”、在“教育人民”了。

很自然，我也时常深深体会到自己力量的缺陷，知识贫乏，甚至连日常生活中的简单问题都无法回答。这时我便觉得自己身陷在一个黑暗的地窖，在这里人们像蛆虫一般蠕动着，他们逃避现实，只会到小酒馆里，甚至到妓女冰冷的怀抱中求得安慰。

每月他们一领到工钱，就一定要去逛妓院。在这美好日子到来的七八天之前，大家便开始谈论寻欢的美梦。过了这天以后，又会在各自体验的基础上谈论很久。他们在谈话中毫无顾忌地夸耀自己的性功能，讲述对妓女如何地玩弄，他们一边讲着妓女，一边又鄙夷地吐着口水。

真令人费解！我听着这些话，却体会到一种悲哀和耻辱。我看见，在“烟花巷”里花一个卢布便可购得与一个女人的一夜春宵。我的一些伙伴为此而显露出罪犯一般的窘迫不安——我很理解这样的心情，可是另一些人却表现出过分的放纵和肆无忌惮，我觉得这就含着一些做作、虚假的成分。我很好奇两性间的关系，因而对这事的观察也格外敏锐。我自己还没有得到过女性的抚爱，这就使我的处境很不愉快：妓女和伙计们都对我大肆讥讽。很快，他们去“烟花巷”时就不再邀上我，并且直率地告诉我：

“老弟，你就别跟我们一起去了。”

“为什么？”

“没什么！跟你在一起很没劲。”

我牢牢地抓住了这句话，觉得似乎有什么重要的东西包含在里面，可我却没得到更清楚的解释。

“你呀你，跟你说了——别去！有你在就没意思……”

只有阿尔乔姆撇嘴笑着对我说：

“就像是和一个牧师，或者神父在一起。”

起初妓女们只笑我太过拘泥，后来便生起气来，问我：

“你是讨厌我们吧？”

有一个名叫捷列扎·博鲁塔的“姑娘”，年届四十，是个丰满、漂亮的波兰女人，她是这里的“女管事”。她用那种纯种母狗般的机敏的眼睛看着我说：

“姑娘们呀，别拿他开心啦！他准是心里有人儿了，是吧？这么个壮小伙儿，肯定被心上人牵住了魂儿，肯定是这样！”

她是个酒鬼，一喝起来便没完没了，醉酒后又胡搞胡闹，令人生厌，可是在她清醒时，她却能把事情想得很周全，能冷静地探索人们行动的目的，这让我感到非常惊讶。

“最奇怪的就是那些神学院的大学生，”她对我的同伴们说，“他们跟姑娘们瞎折腾：先让她们在地板上抹上肥皂，再让赤身的姑娘面朝下，手脚放在瓷盘上，然后他们在姑娘屁股上一推——看能滑出多远。推了一个姑娘，又换另一个。就这样，他们为什么要这么干呀？”

“你撒谎！”我说。

“噢哟，绝对不是！”捷列扎叫道，但并没显出气愤，语气依旧那么平静。这平静有点儿让人不知所措。

“这是你胡编乱造的！”

“一个姑娘家怎么会编这种事？莫非我是个疯婆子？”她问道，眼睛瞪得大大的。

人们全都静下来仔细倾听我们的争论，捷列扎始终用一种平静的声调讲述嫖客的花样，似乎她只想弄懂一点，“他们这样做究竟是为什么？”

听众们都嫌恶地啐着唾沫，恶狠狠地对那些大学生漫骂一通，可我觉得捷列扎似乎是在有意地煽动人们对那些我所喜爱的大学生的仇视心理。于是我说道，大学生是热爱人民的，希望人民的生活能够变好。

“是的，你指的是沃斯克列先斯卡娅街上那所大学的学生，我说的可是城外神学院里的那些家伙。他们都是孤儿，在教会学校中长大。孤儿是一定会成为窃贼、无赖，一定会成为坏蛋的。他们没有牵挂，没有情义，这些孤儿！”

“女管事”平静地讲述着姑娘们对大学生、对官吏以及那些“上流阶层”者的愤恨和不满，这不仅在我同伴们的心中唤起了相同的感觉，还唤起了一种喜悦，他们这样表达这种喜悦：

“可以说，那些有文化的人，比咱们更坏！”

听到这句话，我感到一种沉重的痛苦。这些人就像是城市中的肮脏污水汇集到了一起，在这间昏暗的小屋里经受乌烟瘴气的烈火的焚烧，变得沸腾起来，然后又带着满腹的仇恨和抱怨重新流散回城市之中。我看见人们在性欲和苦恼的驱使下，来到这个洞穴，用荒唐的语句唱着哀怨的情歌，津津乐道于“有文化的人”的丑事劣迹，用敌视和讥讽把不理解的事物一概扼杀。我觉得，“烟花巷”也是一所大学，在这里，我的同伴们受到了恶毒知识的侵害。

我看见，那些“卖笑的姑娘”，在肮脏的地板上，那样垂头丧气地拖着步子走来走去；在手风琴苍白的哀鸣和破钢琴嘶哑的颤音中，那样造作地把纤弱的身体扭来扭去。我望着她们，一种模糊不清、一种让人心神不宁的感觉袭上了心头。我想要从这里逃离出去，却又深深觉得自己无能为力。我的心情被搅得躁动不安。

在面包坊，只要我一提及有人正在无私地为人民争取自由与幸福，伙计们便会立即反驳：

"姑娘们可不是这样说那些人的！"

于是他们便肆无忌惮地、怀着恶意地对我大加嘲讽。而我就像一条要强的小狗，觉得自己并不比那些大狗蠢，而且比它们更有勇气，因此我也发起火来。我开始认识到，思考生活与生活本身一样，都充满着坎坷不平。有时，我会突然对那些一味忍耐的伙伴爆发出一种愤慨，他们毫不反抗醉汉老板无礼而粗暴的侮辱，这种屈从和忍耐实在令我无法接受。

就像有意而为似的，在如此沉痛的时期，我却触及到了一种全新的思想，虽然它与我从根本上是对立的，可还是把我的心搅得没有片刻安宁。

一个风雪之夜，狂风呼啸，仿佛要把天空撕碎，再撒将下来似的，大地被雪片深埋起来，好像它已走到生命人尽头，太阳落下去，就永不会再升起来了。就在这样一个谢肉节[①]的晚上，我从杰连科夫家返回面包坊。我逆风而行，半闭起眼睛，穿过灰蒙蒙的漫天大雪，一步步地朝前挪动，突然，我被绊倒了——被一个横卧在人行道上的人绊倒了。我俩对骂起来，我用俄语，他用法语：

"噢！见鬼……"

我一下子起了好奇心，把他扶起来。这人个子不高，身子轻飘飘的。他一把将我推到一旁，气愤地叫道：

"帽子呢？真该死！快给我帽子！我快被冻死啦！"

我在雪地上找到帽子，拿起来抖了抖沾在上面的雪，戴到他那头发竖直的脑袋上，可他又把帽子摘了下来，继续抖着，一面还用俄法两种语言大骂，要赶我走："滚蛋！滚蛋！"

他突然朝前撒腿猛跑，消失在翻飞起的大团飞雪之中。我继续往前走，不久又见到了他，他双手抱住路灯杆子——路灯已经被风给吹灭了——他走不动了，嘴里动情地喃喃道：

"列娜！我不行啦……噢，我的列娜……"

很明显，他喝醉了，要是我把他扔在街上，那他没准儿会被冻

① 谢肉节：基督教节日，在四月斋前的一星期。

死。我问他的住所在哪儿。

“这是什么街呀？”他带着哭腔叫起来，“我不知道该往哪儿走！”

我揽住他的腰，扶着他向前走，一面继续问他住在什么地方。

“在布拉克，”他冻得浑身颤抖，哆哆嗦嗦地说，“布拉克……有澡堂……就是家……”

他晃晃悠悠、左偏右倒的，搞得我也迈不开步。我听见了他牙齿打颤的声音。“Si tu savais.”①他一面推搡着我，一面迷迷糊糊地说。

“说什么？”

他停住脚，抬起一只手，说得清楚些了，我觉得他似乎还带着点骄傲：

“Si tu savais oùje te mene……”②

他把手指放进嘴里呵着气，身子左一歪右一倒的，差点摔在地上。我猫下腰，把他背在背上，接着向前走。他用下巴顶住我的脑门，兀自嘟哝着：

“Si tu savais……冻死我啦！噢，上帝……”

到了布拉克区，我花了好长时间才问清他究竟住哪所房子。我终于钻进了一间厢房的门廊，这间厢房隐藏在院子深处飞雪的旋涡之中。他摸到房门，小心翼翼地敲了几下，对我轻声说道：

“嘘！小声点……”

一个穿着红色睡袍，手里拿着蜡烛的女人来开了门，她让我们进屋后，便不声不响地退到一旁，掏出一副不知从哪儿来的长柄眼镜，不住地打量着我。

我跟她说，这个男人的双手冻僵了，最好给他脱掉衣服，让他躺到床上去。

“是吗？”她问道，声音跟少女一般清脆。

---

① 法语：“如果你知道”。

② 法语：“如果你知道我要带你上哪儿……”

“得把他的手泡到凉水里……”

她没吭声，只用长柄眼镜指了指房间的一个角落，那里摆着一个画架，上面是一幅绘着小溪和树木的风景画。我惊奇地看了看这个女人始终无动于衷的面容，她兀自走到了屋角的一张桌子旁，桌上有一盏燃着的带粉红灯罩的台灯。她在桌旁坐了下来，从桌上拿起一张“红心J”纸牌呆呆地看起来。

“您这儿有伏特加吗？”我高声问道。她却自顾自地玩着纸牌，还是没有回答我。那个被我背回来的男人坐在椅子上，垂着头，两只通红的手贴着身体挂在半空。我把他放上躺椅，又给他脱掉衣服，我自己都纳闷，简直跟在梦里一样。我正对的躺椅后边的墙上，挂满了相片，这些相片中间并不清晰地映照出一个金花圈，花圈有一个白丝带结成的蝴蝶结，白丝带的末端印着一行金字：

献给风华绝世的吉尔达[①]。

“真混账，轻点儿？”我开始给他的手做按摩时，他呻吟道。

女人仍旧在玩着纸牌，像陷入了什么沉思似的一言不发，尖尖的鼻子跟鸟的小嘴一样，两只大眼睛呆滞无神。此刻，她抬起有着青春光泽的小手把她那一头假发似的灰白头发捋得蓬松起来，又用清脆的声音细声问道：

“乔治，你看见米沙了吗？”

这个叫乔治的男人一把将我推开，慌忙坐起来答道：

“他到基辅去了，不是吗？”

“是呀，去基辅了。”女人重复着，眼睛仍盯着纸牌。她的声音在我听来既机械、又冷漠。

“他就要回来了……”

“真的？”

“是啊，真的！要不了多久。”

① 吉尔达：威尔第歌剧《利格莱托》（又译《弄臣》）中的女主人公。

“真的么？”女人又问道。

赤着半身的乔治跳下躺椅，几步跨到女人脚边，跪下来对她说了几句法语。

“我无所谓。”女人用俄语答道。

“您知道——我迷路了，狂风、暴雪、我以为会被冻死了。”乔治惶惶不安地说，一面摩挲着她那只放在膝间的手。他约莫四十岁上下，红彤彤的脸上生着黑胡须和厚嘴唇，流露着忐忑不安的神情，一个劲儿地揉搓圆脑袋上竖直的灰发，说话也逐渐清醒起来。“咱们明天就上基辅去。”女人说道，既像在征询意见，又像是在表明决心。“好，明天去！可现在你需要的是休息。为什么还不去睡觉？已经很晚了……”

“米沙今天回不来吗？”

“噢！回不来！风雪这么大……我扶你上床吧……”

他拿起桌上的灯盏，把女人扶进了书柜后面的小门。我独自一人在屋里坐了好久，只在耳中听着他轻微而嘶哑的说话声，脑子里却是一片空白。犹如一些毛茸茸的爪子，风雪不停地搔扰着玻璃窗。融化的雪水在地板上微弱地映射出蜡烛的光芒。各式各样的家具充塞在屋子里，一种奇异的暖洋洋的气息飘荡在房间里，使人昏昏沉沉，想要睡上一觉。

终于，乔治摇摇晃晃地出来了，手里拿着灯盏，灯罩被晃得不停地与灯泡相撞，发出当当的脆响。

“她睡啦。”

他把灯盏又放到桌子上，独自站在屋中央，似乎在想些什么，眼睛也不看我，说道：

“呃，怎么说好呢？没有你的话，我可能已经被冻死啦……谢谢！

你是干什么的？”

他侧耳听着里屋发出的细微声响，浑身颤抖个不停。

“她是您妻子吗？”我小声问道。

“是妻子，是一切，是生命的全部。”他盯着地板回答，声音不大却很清晰，然后便又开始用手一个劲儿地搔起脑袋。

“哦，喝点茶吧？”

他恍恍惚惚地走向房门，又突然停了下来，因为他想起他的女仆吃了太多的鱼，搞坏了肚子，现在正在医院。

我提出自己去生茶炊，他赞同地点了点头。他显然并没有留意到自己还赤着上身，光着脚啪嗒啪嗒地在湿淋淋的地板上走过，把我带到了小厨房。他倚着火炉，又说道：“要是没你的话，我早被冻死啦！谢谢！”

突然，他全身痉挛了一下，瞪大眼睛用惶恐的目光望着我。

“要是我真死了，她可怎么办呀？噢，上帝……”

他望着里屋黑漆漆的门口，轻柔而迅速地说道：

“知道吗？她身上有病，她的儿子，是个音乐家，在莫斯科自杀了，可她还一直在等他回来，等了快两年啦……”

后来，我们一块儿喝茶时，他又东一句西一句地用古怪的话语讲述了他们的身世。这个女人是个地主，他自己原来是个历史教师，在给她儿子当补习教师时，竟然爱上了她，后来她离开了那个贵为德国男爵的丈夫，去歌剧院当了演员，尽管她前夫想尽了办法来破坏，但他俩还是一起生活得很好。

他接着讲下去，眼睛半眯着，目光一直落在肮脏厨房的一个昏暗角落，或者火炉旁一块腐烂的地板。茶水很烫，使他的脸皮皱缩在一起。他那双圆眼睛不时惶惑不安地眨动着。

“你是干什么的？”他又问道，“烘面包的，工人？奇怪，不像呀，这是怎么搞的？”

他的声音中带着一些不安，他望着我的目光，也流露出受害者似的疑虑。

我把自己的情况大概讲了讲。

“是这么回事儿！”他轻轻叹道，“哦，是这么回事儿……”

他一下子又兴奋起来，问道：

“你知道那篇童话吗？《丑小鸭》？读过吧？”

他的脸扭曲起来，声音因愤怒而变得异常尖锐、嘶哑。

“这个故事真是吸引人！我在你这种年纪的时候也想过：我会不会变成天鹅？可是，我本该进神学院，却上了大学。我父亲跟我断绝了关系——他是个神父。我在巴黎学习了人类苦难的历史——进化史。是的，我还写过文章。哦，这又能怎样呢？”

他一下子从椅子上跳起来，做出一个倾听的姿势，便又继续说道：

“进化——不过是人们聊以自慰的口号！生活无理可循，也无意义可言。没有奴隶制度，也就不会有进化。没有少数人对多数人的统治，也毫无发展可言。我们妄图改善生活，减轻劳动，可实际上只使得生活愈发艰难，劳动愈发繁重。工厂和机器只是制造更多的机器，这实在愚蠢透顶！工人越来越多，可是只有农民——粮食的生产者才是必需的。粮食就是一切——通过劳动向自然界索取的一切。人的需求越少，就会越幸福；而欲望越多，自由就会越少。”

这可能并不是他的原话，可我还是第一次听到以这样尖刻、这样赤裸裸的方式来表达这种令人震惊的思想。他激动不已，以至尖叫起来，但随即又怯生生地望着里屋的房门，听了一会儿，发现里面没有响动，便又带着怒气低声地说道：

“要知道，一个人的需要并不多：一块面包和一个女人……”

他带着神秘的语调，用那些我闻所未闻的词语和诗句跟我谈论起女人——突然间，他变得有点像小偷巴什金了。

“贝亚德①、霏娅米塔②、劳拉③、妮农④，”他低声历数了一串我不知道的名字，讲述了一些国王和诗人们的爱情故事，念了一些法文诗，还一面用一只裸着半截的细瘦胳膊打着节拍。

---

① 贝亚德：十三世纪意大利诗人但丁所钟情的女人。

② 霏娅米塔：十四世纪意大利那不勒斯王国的公主，小说家薄伽丘钟情于她。

③ 劳拉：十四世纪意大利诗人彼特拉克所钟情的女人。

④ 妮农·德·兰克洛：十七世纪法国巴黎的贵妇，与大作家伏尔泰、莫里哀、封德奈尔等人有交往。

“爱情和饥饿统治着世界。”[①]我听到他热情地低声念诵，想起这是印在革命小册子《饥饿即沙皇》标题下的一句话，这使我感到这话有些意味深长。

“人们在寻求遗忘和安慰，而不是知识！”

这种思想令我异常惊讶。

早晨，我离开厨房时，小挂钟的指针正指着六点零几分。我踏着积雪穿过灰蒙蒙的晨雾，听着暴风雪的狂啸，回想起那个穷困潦倒的教师的愤怒的尖叫，觉得他的话就哽在我的喉头，使我喘不过气。我不想回面包坊，也不想见到任何人，于是就披着一身厚厚的雪花在鞑靼区的街道上踱来踱去，直至东方泛白。

以后我再没遇见过这位教师，也不想再遇见他。可是我后来又多次听到这种关于生活没有意义、劳动毫无作用的论调，它们来自那些只字不识的朝圣者，那些无家可归的流浪汉，那些“托尔斯泰主义[②]者”以及高等文化修养的人们，那些司祭神学士，那些研究炸药的化学家，那些新活力论[③]的生物学家以及其他许多人。只是这些思想，已经不像初次听说时对我具有那样强烈的震撼力了。

大概两年以前——即我跟教师谈话之后的三十多年，我从一位熟识的老工人口中，竟出乎意料地又听到了与他如出一辙的思想。

那天，我和他在一起随意“谈心”，他嘲讽地自称为“政治上的老油条”，他以那种俄罗斯人所特有的坦率方式对我说：

“亲爱的阿列克谢·马克西姆，我什么都不需要——研究院、科学、飞机，这一切全都是多余的！我只需要一个清静的角落和一个女人，在高兴时我能吻吻她，而她则在心灵和肉体上忠诚于我——这就足够了！您看问题总是从知识分子的角度出发，您已经不再属于我们啦，您中了毒，把思想看得比人还高，您大概也像犹

① 出自德国大诗人希勒的《世界的智慧》。

② 托尔斯泰主义：主张“勿以暴力抗恶”，宣扬“道德自我完善”。

③ 新活力论：19世纪末出现的一种唯心主义的生物学，认为生物的机能是由一种活力而不是由物质所产生。

太人那样想：人是为安息日而设立的吧？”[①]

“犹太人并没有这种想法……”

“鬼知道他们怎么想的，这帮人不可理喻！”他答道，眼望着被随手扔进河里的烟头。

我们坐在涅瓦河岸边的一张花岗岩长凳上，夜空中明月高悬、星光疏淡，我们俩白天里都执着于做些有益的事情，费心费力可终究只是徒劳无功，这时都已累得精疲力竭了。

“您跟我们在一起，却不是跟我们同类的人，这就是我想说的。”他一面想着，一面说道，“知识分子不喜欢清静，很早前他们便开始结伙闹事。就像那个空想家基督，为了让人升入天堂而闹事一样，这些知识分子也是为了乌托邦而闹事。一旦有个空想家站了出来，那些废物、坏蛋和无赖便会跟着蜂拥而上——只是因为他们对生活中没有他们的位置而不满。工人们会起来革命，那是为了争取劳动工具和劳动产品的合理分配。可在掌握了政权之后，他们还会赞成建立国家吗？绝不会！那时大家便会分道扬镳，去寻找各自的清静角落了……”

“您是说科技吗？那只不过会把我们脖子上的绳套勒得更紧，把我们手脚捆得更牢。不，人们只是要摆脱不必要的劳动。人们向往的是清静，而工厂和科学不会带来清静。一个人的需要并不多。当我只需要一所小房子时，为什么要构建一座城市呢？城市里拥挤不堪，还有什么自来水、下水道、电气设备之类的。想想看，要是没有这些，生活会多么轻松呀！不，我们这儿有太多的废物，这都是那些知识分子搞出来的。所以我说，知识分子是社会的祸害。”

我曾说过，再也没有哪个民族，能像俄罗斯人那样彻底地否定生活的意义。

“在精神上最自由的正是俄罗斯民族，”我的交谈者淡淡地笑

---

① 典出《新约·马可福音》第二章第二十三至二十八节。耶稣的门徒在安息日做事，法利赛人认为不该。耶稣说：“安息日是为人设立的，人不是为安息日设立的。”

了笑，接着说道，“您可别生气，我敢断言，我们有千百万人都这么想，只是他们没有表露出来……应该把生活安排得简单点，那才会对人们更仁慈些……”

我对这个工人以前的思想非常了解，他从不是“托尔斯泰主义者”，也从未有过无政府主义的倾向。

在与他谈话之后，我不禁想道：千百万俄国人参加革命的目的难道仅仅在于摆脱劳动吗？以最少的劳动——获取最大的享乐，这实在具有很大的吸引力，就同那些脱离现实的幻想和各种各样的乌托邦一样。

由此我想起了亨利·易卜生[①]的一段诗：

我是保守主义者吗？啊，不！
我依然如故，从未改变；
我不想把棋子一步步移动，
我要掀翻整个棋盘。

只记得一次革命，
它比任何一次都英明，
我指的是那泛滥的洪水，[②]
那洪水本可冲毁一切。

然而，魔鬼也在那次受了欺骗，
您知道，诺亚又成了独裁者！
啊！如果您做得更光明正大，
我会许诺帮助您——

① 易卜生（1828—1906）：挪威戏剧家和诗人。这里引用的是他的诗作《给我的朋友，革命演说家》。

② 典出《旧约·创世记》第六至九章。上帝看见地上的人们罪恶很大，便降洪水除灭世所有生灵。惟有义人诺亚奉神谕建方舟携全家和地上的雌雄动物各一对避难。洪水退后，上帝命诺亚统治世上万物。

您引来毁灭世界的洪水；

我乐于在方舟下放下鱼雷！

杰连科夫的小杂货铺收入菲薄，可需要的物质帮助和“事情”却越来越多。

“得想点法子。”杰连科夫忧虑地捋着胡子说，脸上挂着歉意的微笑，深深地叹了口气。

我觉得他认为自己是被判了无期徒刑，注定要终生帮助他人，尽管他心甘情愿地接受这种刑罚，有时却也会感到力不从心。

我曾用不同的话问过他好几次：

“您为什么要这么做呢？”

但他似乎并不理解我的问题，在回答“为什么”时，他的措词斯文而生涩，谈到的是人民生活的苦难，以及教育和知识的必要性。

“哦，那么人们都渴求着知识吗？”

“是呀！当然如此！您不也渴求知识吗？”

不错，我确实想获得知识，可脑子里又浮现了那位历史教师的话：

“人们在寻求遗忘和安慰，而不是知识！”

这种尖刻的思想，并不适宜于让刚满十七岁的人接触，在接触上几次之后，它就会变得不再尖锐有力，而且听者也不会取得什么收益。

我开始觉得，我只是看到同一种现象：人总是爱听有趣的故事，在故事中他们能暂时遗忘痛苦，从而又习以为常的生活。而且故事越是“虚构”得厉害，人们就越是喜欢。那些包含着美丽“虚构”的书，才是真正最有趣的。总而言之，我被搞得云里雾里，简直有些不知所以了。

杰连科夫打算开个面包店。记得当时曾计算得相当仔细，估计每个卢布周转一次可以赚得三十五戈比的利润。他让我当面包师的助手，以“亲信”的身份监视面包师，防止他偷窃面粉、鸡蛋、牛油和烤好的面包。

于是我从那个肮脏的大地下室，迁到了这个小些却也干净些的地下室——店铺的卫生也是我的职责之一。我眼前只有一个人，而不像过去那样四十几个人一大帮。这个人两鬓斑白，留着一撮尖胡子，脸又瘦又黄，两只若有所思的黑眼睛和一张形状奇特的嘴巴：它小得跟鲈鱼嘴似的，而且嘴唇又厚又肥，还噘在一起，似乎想跟谁亲吻一般。他眼睛深处还闪露着一种嘲弄的神情。

他当然也偷过东西——在开始工作的头一天晚上，他便把十个鸡蛋，大约三俄磅面粉和一大块牛油偷偷放在了一旁。

“你打算拿它们干什么？”

“留给一个小姑娘。”他温和地答道，又皱了皱鼻梁添上一句：“一个很——很可爱的小姑娘！”

我试着让他明白，偷窃是犯罪的行为。不知是我的言辞太过拙劣，还是因为那些连我自己都不能完全苟同的理由，总之我的话没有任何作用。

面包师躺在盛着生面团的柜子上，望着窗外的星星，带着诧异的口气嘟哝道：

“他竟然在教训我！才一见面，就训起了人！我的年纪可是他的三倍呢。真可笑！”

他望着星星，问我道：

“我似乎在哪儿见过你，你以前在哪一家干活？是谢茬诺夫那家吗？就是闹过事的那家？噢，对了。也就是说，我在梦里见过你……”

几天以后，我发现这人很有睡觉的本事，无论什么姿势，即使是扶着铲子站在那儿也能睡着。他睡着时眉毛会稍稍扬起，面孔也变了形，露出一种带着嘲弄的惊讶神态。他最喜欢谈关于财宝和梦境的事，他充满自信地说：

“我能看透大地，它就像张大馅饼，装满了各种宝物：一罐罐金钱，一只只装着好玩意的箱子，随处可见的铁器。我还多次梦见熟悉的地方，例如澡堂，一次我梦见澡堂的墙根埋藏着一箱银器。

我醒来便乘夜去挖，挖了约有一尺半深，可我一看，只是些煤渣子和死狗骨头——仅此而已！突然，哗啦一声，窗户上的玻璃被我打碎了。一个女人拼命尖叫道：‘有贼！快来抓贼呀！’当然，我逃掉了，要不会被人们打个四脚朝天，真可笑！”

我常听他用“真可笑！”这个句子。可伊凡·科兹米奇·卢托宁说这句话时却从不发笑，他只不过带着笑意地半眯起眼，皱着鼻子，张大鼻孔而已。

他的梦其实都没什么离奇之处，与眼前的现实生活同样乏味、同样荒唐。我就不懂，他怎么会一讲起他的梦便津津有味，而对周围的人和事，却只字不提。

全城被一件新闻轰动了：一个富裕茶商的女儿被逼出嫁，刚举行完婚礼便开枪自杀了。成群的年轻人，有好几千，在她的灵柩后为她送葬。在她墓前，大学生们发表了演说，遭到警察的驱赶。在我们面包坊旁边的小杂货铺里，大家都高声议论着这个悲剧性的一幕。店铺里的一个房间挤满了大学生。那些愤怒的叫嚷和热烈的谈话声一直传到了我们的地下室。

“这个姑娘，小时候没被管教好！”卢托宁说，接着又跟我讲了起来：

“我似乎正在池塘里捉鲫鱼，突然，警察过来冲着我喊：‘别动！好大的胆子！’我无路可逃，只好一头扎进水里，于是就醒了……”

卢托宁虽然对现实生活不怎么留意，可不久也察觉出这家面包店的异样之处：在店面里张罗生意的是两个姑娘，她们都是外行，却又喜欢读书。一个是面包店老板的妹妹，另一个老板的女友，高高的身材、红红的脸蛋儿，两只眼睛温柔可爱。大学生们常来光顾，他们在店铺后面房间里待上很长时间，或者大嚷大叫，或者轻言细语。店老板难得来趟店铺，而我这个“助手”，倒更像是这面包店的老板。

“你跟老板沾亲吧？”卢托宁问，“没准儿，他想招你做妹夫吧？不是吗？真可笑！可那些大学生们干吗总上这儿来转悠呢？是因为两个姑娘吗？嗯，可能是……可那两个姑娘并不太出众，没什么特别的……我看呀，大学生们对面包更有兴趣，并不是想追求姑娘……”

几乎每天清晨五六点钟时，一个短腿的姑娘总会出现在面包坊临街的窗口。她的身体似乎是由不同半径的半球体拼凑而成的，酷似装满西瓜的口袋。

她把两只赤脚一放进窗前的坑道，便打着哈欠叫起来：

“瓦尼亚[①]！”

她头戴一块花头巾，从那下面露出淡黄的鬈曲的头发，那头发就像是挂在她红彤彤的圆脸蛋和扁扁的额头上的一个个小圆圈，遮住了她睡意蒙眬的双眼。她抬起小手懒洋洋地把脸上的头发拨开，那指头就像初生婴儿的手指一样有趣地张着。真可笑——跟这样一个小姑娘有什么话可说？我把面包师叫起来，他问她：

“来啦？”

“你自己瞧呀！”

“睡得还好？”

“嗯，还用说！”

“做了个什么样的梦？”

“记不清了……”

这时全城还一片宁静。只传来不知在何处的清洁工扫地的声响和刚刚醒来的小麻雀唧唧喳喳的叫声。初升太阳柔和的光芒穿透了地下室的玻璃窗。我喜欢这样宁静的早晨。面包师把毛茸茸的手伸出窗户，抚摸姑娘赤裸的双腿，姑娘对他的摸索毫不在意，没有一丝笑容地眨动着绵羊似的眼睛。

“彼什科夫！把甜面包取出来吧，到火候啦！”

我从炉子里抽出了烘面包的铁箆子，面包师抓起十来个甜面包、面包卷和梭形面包，抛进了姑娘兜起来的裙裾里。姑娘把烫手的甜面包在两手间倒来倒去，送到嘴边，用绵羊般的黄色牙齿咬着

① 瓦尼亚：伊凡的昵称。

吃，烫疼了，气得哼哼唧唧地叫唤起来。

面包师恋恋不舍地望着她说：

“快放下裙裾吧，不害羞的小丫头……”

姑娘走了之后，他带着炫耀的语气对我说道：

“看见了吗？就像一头鬈毛的小绵羊。老弟！我还是挺洁身自好的人，不和娘儿们同居，只跟小姑娘交往。她是我的第十三个啦，是尼基福雷奇的教女。”

听着他洋洋自得的言语，我不禁想：

“我的生活难道也会这样吗？”

我从炉子里取出按斤出售的面包，捡出十一二块大的放进一个长托盘，急匆匆地送到杰连科夫的店铺，转回来后又将两普特的篮子盛满白面包和奶油面包，跑到神学院，为大学生们供应早点。在神学院，我站在食堂门口，把面包卖给大学生们，有的记账，有的付现金，同时也在那儿听他们关于托尔斯泰的争论。有个名叫古谢夫的教授，对列夫·托尔斯泰怀着强烈的敌视。有时我的面包篮子下会藏着几本小册子．我得悄悄地把它们塞到某个学生的手里。有时也会有大学生把书本和便条藏进我的篮子。

每星期我都会有一天跑到很远的疯人院去，在那里，精神病专家别赫捷列夫给大学生讲课——用病人作实例。有一次，他给大学生们看一个患自大狂的病人。这人身材高大，身穿白色病号服，戴着一顶长袜子般的锥形帽子，我看见他这副模样，不由得笑出了声，他在走过我身边时顿了一下，朝我瞪了一眼，吓得我直往后缩，仿佛他目光里阴暗而炽烈的光芒穿透了我的心。当别赫捷列夫煞有介事地捋着胡子跟病人谈着什么时，我暗自用手掌抚摸自己那仿佛刚被热炭灼伤的脸。病人讲话的声音很低沉，他像是想要点什么，从病号服袖子里庄严地伸出长长的手，指头也是又细又长，在我眼中，他的整个身体似乎都在伸长，无限地伸长，以至于他根本不用挪动，就能把暗灰色的手伸到我面前，掐住我的喉咙。他那干枯面孔上的两个深陷的眼窝里，一双阴郁的眼睛闪烁着威严而又锋利的光芒。二十来个大学生目不转睛地望着这个戴着锥形帽子的人，少数几个人微笑着，而多数人都带着悲哀的神色思考着什么，他们的眼睛跟这个疯子炽烈的眼睛比起来，简直平凡得不值一提。他令人感到畏惧，他身上蕴含着某种威严的成分，是的，威严！

教授的声音从大学生们异样的沉默中，清晰地传了出来。他每提一个问题，都会受到那个低沉声音的叱责，那声音仿佛来自地底下，或者教室死沉的白墙背后，疯子的举动，像大主教一般缓慢而又庄重。

这天晚上，我写下了一首关于这个疯子的诗，称他为“万王之王，上帝的朋友和顾问”。他的模样一直印在我的心头久久不能抹去，使我心神不宁。

我的工作时间是从晚上六点至第二天中午，午后便睡觉，因而只有在工作的间隙——诸如和好一个面团，而另一团还没有发酵，或者面包已经上了烤炉的时候——才能读点书。由于我对做面包的关键技术已经逐步掌握，面包师的工作就越来越少了。他用亲切而又有些出乎意料的语调“教导”我说：

“你很能干，不出一两年，你就能成为面包师。真可笑。你还这么年轻，别人不会听你的，也不会尊重你……”

至于我对书本的爱好，他却极不赞同：

“别读书啦，去睡上一会儿吧。”他常这样关切地规劝我，却从不问及我读的是些什么。

梦境、寻宝的幻想和那个圆滚滚的短腿姑娘，已经把他的内心完全占据了。短腿姑娘常在晚上来，那时他便带她上那个堆着面粉袋的房间里去，要是遇上天冷，他就会皱起鼻子对我说：

“你先出去半个小时吧！”

我一面往外走，一面想着：“书上写的跟他们的恋爱可是两码子事儿呀！”

老板的妹妹就住在店铺后面的小房间里，我常给她烧茶炊，但总是尽可能地避开她，因为我一面对她就浑身不自在。她总用那双孩子似的眼睛直直地盯着我，就像初次见面时一样，我从那眼神里觉察出一种笑意，一种带着嘲讽的笑意。

我因为力气太大，行动上显得有些迟缓，面包师看着我搬运五普特重的口袋，不无遗憾地对我说：

“你的劲儿挺大，抵得上三个人，可是毫无灵便可言。虽然你个子高大，但也不过是头笨牛……”

尽管我读过不少书，尤其是诗歌，自己也开始写诗，可我仍然在写作时保持“自己的语言。”我感觉这种语言很粗犷，也很有力度，我以为只有通过这种途径，我心中的那些杂乱无章的思想才能得以充分体现。有时出于对那些令我激愤不已的事情的抗议，我还故意讲些粗鲁的话。

一位做过我老师的大学生——他是学数学的——曾批评我道：

“鬼才知道你怎么会这样说话，这简直不是话——简直是堆大秤砣……”

在一般情况下，我也对自己很不满——这是十五六岁的少年常有的情况，总感到自己粗野、可笑，颧骨突出，就跟个卡尔梅克人似的，说话的嗓音也时常难以控制。

可是老板的妹妹动作轻捷、灵敏，仿佛一只飞翔的燕子一般，我甚至觉得这种轻巧的举止跟她圆圆的柔软身体很不协调。从她的步伐和姿态中，流露着虚假和做作的气息。她说话时的声音总是那么愉快，还常常高声地笑，听着这种笑声，我常想：她希望把初次见面时她的那副模样从我脑中抹去吧。但我是不会遗忘的——对那些不同寻常的事物，我总是备加珍视。我需要知道可能发生以及已经发生的非同寻常的事物。

她有时会问我：

“您正读些什么书呀？”

我简略地答了，就想反问她：

“您为什么想打听这个呢？”

一天夜里，面包师将要抚摸他的短腿姑娘，他用醉心的语调对我说：

“你先上外边去待会儿吧。噢，最好上老板妹妹那儿去，干吗不抓住机会？要知道，那些大学生……”

我警告他，要是再讲出这种话，我就用秤砣砸扁他的头，然后我便扭身到堆放面粉口袋的屋里去了。卢托宁的声音从没有关严的门缝里传出来：

“我为什么要生他的气呢？他整天死抱着书本，生活得跟个疯子一样。”

屋里的老鼠吱吱地闹个不停，面包坊里的那个姑娘也不住地发出呻吟。我走进院子，那儿正默默无声地落着舒缓的细雨。可我胸中依旧憋闷，空气中有一股焦煳味儿——不知是哪儿的树林燃了起来。时值后半夜，面对着面包坊的那所屋子仍然敞着窗户，从几个灯光暗淡的房间中，传出歌唱的声音：

这位圣瓦尔拉米①，
头顶闪闪的金轮，
从天空眺望她们，
也不禁显出了笑容……

我想象着玛丽亚·杰连科娃躺在我双膝上的情景，就像面包师的姑娘躺在他膝上一样，可我感到，这完全是荒诞不经的，甚至有些可怕。

从傍晚到黎明，
他以歌声伴着美酒，
还有那些事，噢哟！
他也没少干……

① 圣瓦尔拉米：基督教的圣徒。这首歌当时流行在喀山神学院的学生之中，名为《从早到晚》。

歌声中尤为激情迸发地突出了深沉的低音“噢哟”。我躬身把双手放在膝头上，朝窗户里望去，透过窗帘上的镂空花纹，我看到一间四方的小屋，墙壁被带有蓝色灯罩的小灯照亮。一个姑娘面朝窗户坐在灯下写着信。此刻，她抬起了头，用红笔杆撩开那缕垂下鬓角的头发。双眼眯成了一条缝，脸上绽放着灿烂的笑容。她慢慢地叠起写好的信，用舌头舔舔信封上的胶边，黏上了信封，接着把信扔在桌上，伸出食指——那食指比我的小指还要细小——做出一副凶恶的架势朝它点了点，又重新拿起信封，皱着眉头把它拆开，又读起来，然后再装进另一个信封，封好，弯下身在桌上把地址写好，之后高举起信封晃了晃，像是晃着一面小白旗。她转着圈儿，拍着手，走进摆着床铺的屋角，后来又走了出来，脱掉短衫，露出了圆圆的、酥油面包一般的胳膊，从桌上拿起灯，又隐入到了屋角。当你观察一个人私下的举止时，你就会觉得那人跟疯子没什么区别。我在院子里转来转去，心想：这个姑娘单独在自己小屋里的生活真是太不可思议了！

但是，当那个棕红头发的大学生来到她面前，用轻微的近乎耳语的声音对她说些什么的时候，她却把身体紧缩起来，于是就显得更小了。她怯生生地望着他，把双手搁在背后或者桌子下边。我却对这个棕红头发的大学生没什么好感，一点儿都没有。

短腿姑娘一面扎着头巾，一面晃悠着走了上来，对我含含糊糊地说：

“快进面包坊吧……”

面包师正从柜子里取出面团，同时不住地跟我唠叨他的情人是多么令人舒心，多么不知疲倦。而我心里却在想：

“我今后将会是什么样呢？”

我觉得，一场潜在的灾难似乎正在身边的什么地方威胁着我。

面包店的买卖挺红火，因而杰连科夫开始寻找一处宽敞些的作坊，还决定再雇个工人做帮手。这好极了，我的工作实在太多，都快被累晕过去了。

“有了新作坊，你就能当上大帮厨啦。”面包师向我许愿道，“我要去提议，把你的工钱提到每月十卢布，就该这样。”

我知道，我的提升对面包师很有好处，因为他爱偷懒，我却喜欢干活儿。疲劳对我很有帮助，它能消除心头的不安，抑制性本能的强烈冲动。只是书就没空读了。

“太好了，你已经不再成天抱着书本啦，让老鼠去嚼它们吧！”面包师说，“你难道没做过梦吗？可能你也做过，只是不愿说！真可笑。知道吗，谈谈做过的梦并不会招来什么灾祸，用不着提心吊胆的。”

他待我很亲热，甚至还带着一丝尊重。也许他提防着我这个老板的亲信，不过这并没有对他不停地偷面包造成什么影响。

我的外祖母死了，我是在她下葬七个星期后从表兄弟的来信中才得知这一噩耗的。那是一封简短的、没有标点的信，里面说：外祖母去教堂门口行乞时，从台阶上跌了下来，摔断了一条腿。八天之后，便因疮毒症而去世了。后来我才听说，我的两个表兄弟，一个表姐以及她的孩子们，这些健康的年轻人竟全寄生在老太太身上，靠她的乞讨过活。老太太病了，他们也想不到去找个医生看看。

信里写道：

> 她被埋在彼得罗巴甫洛夫坟场我们大家和叫花子都去给她送葬他们爱她大家全哭了。外祖父也哭了把我们赶到一边独自守在坟前我们在矮树丛中看着他哭他也快死啦。

我没有哭，只记得当时突然吹起了一阵彻骨的凉风。那天晚上，我坐在院子里的柴堆上，感到一种强烈的冲动，很想对谁讲讲我的外祖母，讲讲她多么善良、多么聪明，她是所有人的母亲。这个冲动在我心头激荡了很久很久，可是没人听我讲，于是这个想法就渐渐消散了。

多年之后，我又回想起那种心情，那是因为读了契诃夫写的一篇关于马车夫的非常真实的短篇小说。小说里的马车夫对着马讲述自己儿子的死。可惜在那沉痛的日子里，没有一匹马，甚至没有一只狗陪在我身边，而且我也没想到让老鼠来分担我的悲哀——它们在面包坊里随处可见，我跟它们相处得不错。

警察尼基福雷奇开始像老鹰一样在我身旁转悠起来。他体格匀称结实，头发花白，一把浓密的胡须剪得整整齐齐。他一面很有滋味地咂着嘴，一面目不转睛地看着我，就像在看一只在圣诞节前被宰的鹅一样。

“听说你爱读书，是吗？”他问我，“你对什么样的书感兴趣呀？比如说，是《圣徒传》，呢，还是《圣经》？”

我常读《圣经》，也时常读读《日读月书》。”尼基福雷奇对此十分惊讶，显然是被搞蒙了。

“真的吗？读书是件好事，而且也合法！不过，你有机会读读托尔斯泰伯爵的作品吗？”

我读过托尔斯泰的书，只是，对这些警察可没什么兴趣。

“这些不过是泛泛之作，跟别的作家没啥两样。听说有几本反对神父的，倒是值得一读！”

那几本书①是胶印的 ，我曾经读过，但我觉得内容枯燥乏味，我知道这些书的好坏不适合于跟警察探讨。

我们在街上遇见并谈过几次之后，这位老警察便开始邀请我：

“上我的小哨所来坐坐吧，喝喝茶？”

我当然知道他邀请我是出于什么目的，但我还是愿意上他那儿去看看。跟一些机智的人商量之后，大家都认为，如果我回避警察的邀请，只会让他对面包坊产生更深的怀疑。

于是，我去拜访了尼基福雷奇的小哨所。这个小屋三分之一的空间被俄式炉子占据，还有三分之一的地方摆着一张挂着印花床帘的双人床，床上堆着数个枕头，都套着大红斜纹布套。余下的空间

① 指托尔斯泰的宗教哲学著作，当时被教会的检查机构禁止，以秘密的方式流传。

里放了一个碗柜、一张桌子、两把椅子，窗前还有一条长凳。尼基福雷奇正坐在长凳上解开制服，小屋唯一的窗口被他的身体遮得严严实实。坐在我身旁的是他老婆——一个二十来岁、胸脯丰满的小妇人，脸蛋红扑扑的，眼睛是一种奇特的灰蓝色，但却带着狡猾凶狠的目光，她鲜红的嘴唇刻意地噘着，说话总带着抱怨的语气。

“据说，”警察说道，“我的教女谢克列捷娅常上你们面包坊去，这个放荡无耻的小娘们儿。依我看，世上所有女人都是些下贱东西！”

“所有的？”他老婆问道。

“没一个不是！”尼基福雷奇斩钉截铁地答道，还把胸前的奖章晃得哨哨响，好像马摇响鞍辔似的。他端起茶碟呷一口茶，又接着兴致勃勃地谈起来：

“从最下作的婊子，到最高贵的女皇，没一个例外！示巴女王[①]穿越两千俄里[②]的沙漠去见所罗门王，也无非是为浪荡一番。叶卡捷琳娜女皇尽管号称大帝，不也……”

他又很详细地讲述了一个宫廷锅炉工的风流史，这个锅炉工陪女皇度过一夜，便青云直上，从军士一步步提升为将军。警察老婆听得津津有味，不时用舌头舔一下嘴唇，并且故意在桌下用她的腿碰我的腿。尼基福雷奇讲话清晰流畅，又不无风趣。可在不经意间，他却转到了另一话题上：

“就拿那个一年级大学生来说吧——那个普列特尼奥夫。”

他老婆叹息一声，插言道：

“样子不怎么好看，不过人——很好！”

“你说谁？”

“普列特尼奥夫先生。”

“首先，他还称不上先生——那要等到他毕业之后。他现在不

① 典出《旧约·列王纪上》第十章。示巴女王仰慕所罗门王的声誉，用骆驼驮着香料、宝石和黄金来见所罗门王。

② 一俄里合1.067千米。

过是千千万万普通大学生之一而已。其次，你说他很好，那是什么意思？”

“他总快快乐乐的，又年轻。”

“首先，马戏班的小丑也总是快快乐乐的……”

“小丑的快乐只是为了赚钱。”

“住嘴！其次，老狗过去也曾是狗崽儿……”

“小丑就像猴子……”

“我已经说过了，叫你住嘴！听见了吗？”

“哦，听见了。”

“这还差不多……”

尼基福雷奇搞定了老婆，便转过来向我提议道：

“对了！你该去认识认识普列特尼奥夫，他非常有意思！”

他大概多次看见我和普列特尼奥夫一起在街上走，因此我只好答道：

“我们是熟人。”

“真的吗？已经认识……”

他的话里带着点遗憾，紧接着他又抖动起身子，把胸前的奖章碰得叮当作响。我一下子提高警觉，因为我知道普列特尼奥夫正在胶印一些传单。

他老婆一面用脚碰我，一面用狡猾的言语挑逗着老头儿。老头儿就像孔雀开屏似的炫耀着自己的经历。他老婆的作弄搅得我无心专注于他的话。一不留神，他的声调又变了，显得更加低沉也更加有力：

“那是条看不见的线——知道吗？”他问道，一面把眼睛瞪得圆圆的望着我，仿佛是在担心什么，“可以把沙皇陛下看成一只蜘蛛……”

“哎哟！你在说什么呀！”他老婆惊叫道。

“你——闭嘴！蠢婆娘！这只是为了说得更简单清楚些，可不是故意诋毁。母狗！快收拾茶炊……”

他皱起眉头，眯着眼睛，有声有色地继续说道：

“那条看不见的线，就像蜘蛛网似的，从处于中心的亚历山大三世沙皇陛下那儿发散出来，通过各部大臣，通过省长以及各级官吏——包括我在内——一直通到下级士兵。这条线连通了一切，网罗了一切，它像一座坚固的无形堡垒维护着沙皇世世代代的统治。可是，那些被诡计多端的英国女王收买的波兰人、犹太人和俄罗斯人，却千方百计地要破坏这条线，仿佛他们是在为人民谋利！”

他把身子从桌上弯过来，用恐吓的低沉语调问我：

“明白吗？这才对了。我为什么对你说这些呢？你的面包师父对你很是赞赏，据他说，你很聪明，也很规矩，独身一人。但大学生们常往面包坊里跑，整晚待在杰连科夫的房间里。如果只是一个大学生去，那还好说清楚。可是，竟然有那么多！啊？我不是说要跟大学生们唱反调，他们今天是大学生，赶明儿没准儿成了副检察官。大学生们都是好人，只是有些过于锋芒毕露，又常受到沙皇敌人的教唆！明白了吗？我还得说说……”

他的话还没出口，房门突然大开了，一个红鼻子的小老头儿走了进来。他把鬈发用一根小皮带扎着，手里还有一瓶伏特加，显出一副醉醺醺的样子。

“咱们摆棋杀上两局吧？”他兴致勃勃地问道，然后便接二连三地说起了俏皮话，他身上有那么一股滑稽的气质。

“这是我岳丈，我妻子的父亲。”尼基福雷奇介绍道，脸上却阴沉沉的，带着点气恼。

不久，我便告辞走了。那个狡猾的少妇跟着我出来关门，摸了我一把，说道：

“云彩多美呀，像火一样在燃烧！”

天上一朵小小的金色彩云渐渐消散开来。

我并不想惹我的老师们不高兴，但我还是得说：这个老警察对国家机构的阐释要比他们清晰、浅显得多。在那儿，坐着一只蜘蛛，又有无数“看不见的线”从它那里伸展而出，把生活联结、笼络在一起。很快我便学会了去发现这些线结成的锁扣了。

晚上关了店门之后，女老板玛丽亚·杰连科娃把我叫到她房里，一本正经地告诉我：她受托来了解警察跟我谈了些什么。

“噢！上帝呀！”在听完我细致的报告后，她惊诧地叫起来，随即像老鼠似的在屋角间穿来穿去，并焦急地不住摇头说道：“怎么，面包师没向你探什么口风吗？他的情妇竟然是尼基福雷奇的亲戚！得马上把他打发走！”

我倚门而立，眉头紧锁地望着她。她毫不经意地就用到了“情妇”这个词，这令我很不舒服，更令我不舒服的，就是她要打发掉面包师的决定。

“您要加倍小心！”她说道，目光依旧是那么直勾勾的，就像在盘问我不懂的事情，让我感到手足无措。忽然，她又背起双手站到我跟前：

“您怎么总是这样愁眉不展呢？”

“我的外祖母刚刚去世。”

她似乎觉得挺有意思，微笑着问：

“您很爱她吗？”

“是的。还有别的什么需要了解吗？”

“没有啦。”

我走了。那天晚上我写了一首诗，记得诗中有这样一行执拗的句子：

“您，无非是在故作姿态！”

之后大学生们尽量减少到面包坊的次数。见不着大学生们，我几乎无法找人帮我解决读书时遇到的疑难问题，只好把我感兴趣的问题记在笔记本上。可是有一次我过于疲倦，竟趴在笔记本上睡着了。面包师看了我的笔记本，他唤醒我问道：

“瞧你写些什么呀？加里波第为什么没赶走国王……谁是加里

波第？国王难道能被赶走吗？”

他气呼呼地把笔记本往木柜上一丢，便钻进了炉炕烘面包，在那儿嘟囔着：

“你说——他该赶走国王吗？真可笑！别再打这些古怪主意啦！你这个书呆子！五年前在萨拉托夫，宪兵们逮捕这种书呆子就像逮老鼠一样，哼！即使没有这些，尼基福雷奇都已经盯上你了。你呀，丢掉那些赶走国王的想法吧，那可不像赶走只鸽子那么容易。”

他是真心实意在劝我，可我却不能以内心的真实想法回答他——人们不允许我同面包师讨论这样的“危险话题”。

那时一本颇为轰动的小册子在城里广为流传，那些读过的人全都议论不停。我请求兽医拉夫罗夫帮我找一本，可他却让人失望地说：“唉？老弟，没啦，别指望啦！不过，听说这几天会在什么地方宣读这本册子，到时我可以带你去听听……”

圣母升天节[①]的深夜，我走在阿尔斯科耶波列黑漆漆的田野上，紧随着拉夫罗夫的背影，他距我约有五十俄丈。田野上空空旷旷，但我们还是得按拉夫罗夫所说的“采取防范措施”来行事——我要一边走路，一边打口哨、哼小曲，装成“醉醺醺的工人”。一片片黑云在我头顶缓缓飘动，月亮像金球一般在黑云之间移动，把黑云的身影投向大地，地上有几处水洼，反射着银灰和钢蓝色的光亮。喀山城就在我身后，发出嗡嗡的怒响。

当走到神学院背后的果园栅栏前时，我的领路人停了下来。我连忙赶了上去。我们一言不发地翻越了栅栏，穿过杂草丛生的果园。要是碰着果树枝，便有大滴大滴的水珠落到身上。我们来到一所房子的墙边，在关得紧紧的护窗板上轻轻敲了几下，窗板打开了，一个蓄着大胡子的人冒出来，他身后一片漆黑，也没有任何声响。

“什么人？”

“从雅科夫那儿来的。”

“翻进来吧！”

---

① 圣母升天节：东正教节日，在八月十五日。

在这一片可怖的黑暗中，我只感觉到人很多，可以听见衣服和鞋的嚓嚓声、轻微的咳嗽声、低沉的耳语声。不知谁划燃一根火柴，照亮了我的脸，我看见好些黑糊糊的身影映现在靠墙根的地板上。

“都来了吗？”

“是的。”

“把窗帘挂起来，别让光线从窗缝透出去。”

一个气冲冲的声音响亮地说道：

“是哪个聪明的家伙，让我们聚集到这个没有人气的屋里来？”

“安静！”

一盏小灯在角落里亮了起来。屋子里空荡荡的，没有家具，只有一条搭在两只木箱上的木板，木板上坐着五个人，那样子就像五只寒鸦停在篱笆墙上。那盏小灯也放在一个侧立的木箱上，靠墙脚处有三个人坐在地板上，另有一个披着长发、脸色苍白的青年坐在窗台上。除了他和大胡子，其他人我都认识。大胡子低声说，他要给大家念一本曾经身为民意党①人的普列汉诺夫的小册子《我们的意见分歧》②。

昏暗中，一个吼声从地板上传来：

“我们早知道啦！”

这种神秘的场景让我兴奋，也让我愉快，最高明的诗是那些神秘的诗。我觉得自己仿佛成了在教堂里做早祷的教徒，又不由得想起了古罗马时期在地下室里的初期基督教徒。嗡嗡的低鸣声弥漫在整个屋子，不过念书的声音还是清晰可辨。

“一派胡言！”角落里又有人吼道。

在黑暗处，有一件铜器若隐若现地闪着光亮，好像一顶罗马武士的头盔，我想那大概是火炉的通气口。

屋里响着低沉的嗡鸣声，夹杂着模模糊糊的激烈言辞，根本听不清谁在说些什么。一个响亮的带着嘲讽的声音从我头顶传了出来：

---

① 民意党：民粹派的一个秘密团体，主张个人恐怖政策。一八八〇年普列汉诺夫脱离民意党。

② 《我们的意见分歧》是普氏批判民粹派观点的主要著作。

“我们还念不念呀？”

说话的是那个长发白脸的青年。于是屋子又安静下来，只剩下了低沉的朗读声。不时有人划着火柴，烟头闪着红光，照映出一张张沉思的脸，有的眯着眼，有的瞪大了眼。

朗诵实在太过漫长，尽管我很欣赏这种表达方式——用尖锐而激情饱满的语言流畅易懂地表达出富有说服力的思想。但这仍旧让我感到疲倦不堪。

突然，朗诵的声音停了下来。屋里立即响起了一片愤怒的叫嚷：

“叛徒！”

“有名无实！”

“这是向英雄们的鲜血啐唾沫！”

“这是在格涅拉洛夫①和乌里扬诺夫②牺牲之后……”

坐在窗台上的那个青年又开口了：

“先生们！能不能不再谩骂，而代之以严肃的、贴近现实的辩论呢？”

我不喜欢争辩，也不习惯于听别人争辩，我很难把握那些人飘忽不定、激情膨胀的思想。而且我对争辩者赤裸裸的自以为是的态度很是不满。

那个青年从窗台弯下身来，问我道：

“您是面包师彼什科夫吗？我是费多谢耶夫③，我们该相互认识认识。说真的，在这里简直是一事无成，一争吵起来便没完没了，最后还是没什么结果。咱们走吧？”

我听说过费多谢耶夫，他领导着一个重要的青年小组。我喜欢

---

① 格涅拉洛夫：彼得堡大学的学生，一八八七年三月一日参加民意党谋杀沙皇亚历山大三世活动而被捕，五月八日被处绞刑。

② 乌里扬诺夫：列宁的哥哥。原是彼得堡大学数理系学生，因参与行刺亚历山大三世未遂事件而被捕，后在彼得堡被处绞刑。

③ 费多谢耶夫（1871—1898）：俄国早期的一位马克思主义者，后在喀山创建马克思主义小组，列宁也参加了这个小组。他曾写过许多反对民粹派的马克思主义著作。

他那双深沉的眼睛和那神经质的苍白面颊。

我俩一块儿漫步在田野间。他问我有没有熟识的工人，读些什么书，闲暇时间多不多，又顺便提道：

“我听说过你们的面包坊，奇怪的是，您竟然去干那些毫无意义的事。您这是为什么呢？”

我有时也觉得，这些事情其实有点大可不必，我把这种想法对他讲了。他对此非常高兴，紧紧握住我的手，微笑着告诉我，两天后他得上外地一趟，等他回来就通知我用什么方式、在什么地方跟他见面。

面包店的生意热火朝天，可我自己的情况却越来越糟。搬到新的面包坊后，我的工作就更繁重了——不仅要处理作坊的杂活，还得把面包送到各户人家，送到神学院，送到“贵族女子学校”。姑娘们会在从我篮子里挑拣奶油面包的同时，悄悄塞给我一些小纸条，在这些漂亮的小纸条上，我常常惊讶地读到用幼稚的字体写出的不知羞耻的句子。我感到非常费解，每当这些快活、整洁、清纯的小姐们唧唧喳喳地围着篮子、可笑地挤眉弄眼、用粉红的小手把一堆面包翻来翻去时，我便望着她们，心里一个劲儿地猜测：写给我那些可耻小纸条的究竟是谁呢？她大概并不理解那些可耻句子的意思吧？我不禁又想起了那条“烟花巷”：

“难道从‘烟花巷’也延伸出一条‘看不见的线’，一直通到了这里吗？”

一个胸部丰满、把一头黑发梳成大辫子的姑娘，在走廊上拦住了我，慌慌张张地低声说道：

“把这封信送到封面上的地址，我给你十戈比。”

她直直地望着我，温柔的黑眼睛满含着泪花，嘴唇咬得紧紧的，脸颊和耳朵都涨得通红。我潇洒地拒绝了那十戈比，只接过了信笺，把它送到了高等法院一位法官的儿子——一个脸上泛着肺痨红潮的高个子大学生——手里。他收下信，打算给我五十戈比，于是一言不发地数出一把小铜币，听到我说不取报酬之后，他便把小铜币往裤兜里一揣，却又没揣进去，这些零钱全撒在地板上了。

他不知所措地望着这五戈比和七戈比的零钱朝四面滚去，使劲儿地搓着双手，弄得指关节作响，费力地喘着气嘀咕道：

“那怎么办呢？——好吧，再见！我得想一想……”

我不知道他想出了什么结果，我只是觉得那个姑娘很可怜。不久，她便离开了贵族学校。十五年后，我才又遇见她，她已经是克里米亚半岛上一所中学的教师，又患上了肺结核，当谈起人世间的一切时，便流露出一种被生活遗弃者的仇恨。

我得把面包送完才能去睡觉。晚上又到作坊帮着干活，在半夜之前让面包出炉，再送到面包店。面包店离本市剧院不远，夜戏散场后，观众们会顺道来店里吃点热面包。准备好夜卖的面包后，我还得揉面团，用来做那些论斤卖的大面包和法式椭圆形小面包，用双手揉出十五至二十普特的面团，这可不是个轻松的活儿！

然后我再睡上两三个小时，就又得起来送面包了。

日子就像这样一天天度过。

可这时的我怀着一种强烈的愿望，想要把一些“合理、善良而永恒的东西”①传播给人们。我喜欢与人相处，也很会把故事讲得动听。自身的经历和阅读的书籍激发出我的想象力，我能轻而易举地在日常生活的基础上编出有趣的故事，把那种“看不见的线”巧妙地穿插其间。我认识克列斯托夫尼科夫和阿拉富佐夫工厂的工人们，织布工人尼基塔·鲁布佐夫跟我关系尤为亲密，这个老头儿几乎在俄国所有织布厂里做过工，是个机灵而好动的人。

“我在世上混了五十七年啦，我的列克谢·马克西莫维奇②！我的小捣蛋！我的小梭子！”他的声音低沉嘶哑，两只有病的灰眼睛躲在墨镜背后闪着微笑。墨镜是用铜丝自制的，在鼻梁和耳根留下了绿色的锈痕。他每次刮脸总要像德国人一样在上唇上留下一小撮胡子，在下唇则留出花白的一大把，所以纺织工人们都管他叫“德国佬”。

① 这是涅克拉索夫的《致传播者》中的诗句。

② 列克谢·马克西莫维奇：阿列克谢·马克西莫维奇的俗称。

他身材中等，胸膛宽阔，只是在乐观的态度中透着一股辛酸。

“我最喜欢去看马戏。”他把坑坑洼洼的秃脑袋往左肩一歪，说道，“马本来是牲畜，它是怎么被训练出来的呢？真让人开心！我佩服地看着那些牲口，心想：那么，照这样看，人经过训练也能变得聪明。驯兽员是用糖果驯服了牲畜，嗯，当然啦，我们上小铺子就能买到糖。我们的心灵也需要糖果，那糖果就是爱！小伙子呀！意思就是说，应该怀着爱心待人，而不像现在这样，动不动就拿柴棍打人，对不对？”

他自己待人并不是总带着爱。跟人说话的语气总是带着些许轻蔑和嘲讽，一旦有争执，他就会用简短的词语，又叫又嚷，盛气凌人。我是在一家啤酒馆里跟他初次相识的，当时人们正要揍他，并且已经给他来了两下子，我过去把他拖走了。

“您被打痛了吗？”冒着绵绵秋雨，我陪他走在黑漆漆的路上，问道。

“呸！这也算得上打？”他若无其事地回答，“等等，跟我讲话怎么会客气地用‘您’？”

此后我们便相互熟识起来。起初，他也常用俏皮、尖酸的话嘲笑我，可是当我跟他讲了“看不见的线”在我们生活中处于何等重要的地位时，他若有所思地叫了起来：

“你可不蠢，一点也不！对吧？”此后他便像父亲一般亲切地对待我，甚至称呼我时也用的是名字和父称。

“我的列克谢·马克西莫维奇！我亲爱的小锥子！你的看法很对，只是没有人信你，得不到好处……”

“你信我吗？”

“我是条短尾巴的丧家犬，但平民百姓却是些带着项圈的看家狗，每条狗身上都挂满了蒺藜：老婆、孩子、手风琴、套鞋等等。每条狗都对自己的小窝非常满意。他们不会信你。我们在莫罗佐夫工厂闹事时就是这样，谁冲在最前头，就打谁的脑袋瓜，脑袋呀，可不是屁股，挨上一下可不是闹着玩儿的！”

但他结识了克列斯托夫尼科夫工厂的钳工雅科夫·沙波什尼科夫之后，说话就开始不同了。雅科夫患有肺痨，会弹吉他，还通晓《圣经》，但他却令人惊讶地坚决否定上帝。雅科夫时常到处吐出带血块的痰，并坚定而热切地证明说：

“第一，我肯定不是‘按上帝的形象’而创造的。我没有智慧，也没有力量，而且我也没有仁慈之心，一点都没有！第二，上帝不知道我有多困难。可能他知道，但没法帮助；也可能他能帮助，却不愿帮助。第三，上帝并非全知全能，也不慈悲，干脆点说，上帝根本不存在！这不过是人们胡编出来的，一切都是如此。连我们的整个生活都是胡编的，这骗不了我！”

鲁布佐夫听了，惊讶得无言以对，随即又气恼得脸色铁青，张口谩骂起来。但雅科夫引用《圣经》上的庄严语句加以反驳，驳得鲁布佐夫吭不出声，沉思着把身子蜷成一团。

雅科夫·沙波什尼科夫讲话的样子变得可怕极了。他的验黑瘦黑瘦的，头发鬈曲而乌黑，就像茨冈人一样，狼一般的牙齿不时从发青的嘴唇后闪露出来，一对黑眼珠直勾勾地盯着对方，那恶狠狠的目光令人喘不过气来，这使我想起了那个自大狂病人的目光。

我们离开了雅科夫，同行的鲁布佐夫阴沉着脸对我说：

“没有人敢在我面前反对上帝，这样的话我还闻所未闻。什么话我都听过了，唯独没有这样的话！这人肯定活不了多久。真可怜！他快把自己焚化了……有意思！老弟，真是太有意思了！”

他很快便和雅科夫打得火热，他兴奋异常，像沸腾的开水一样，不住地用手指揉揉有病的眼睛。

“那——那么，”他带着得意的微笑说，“这么说，把上帝赶下台了吗？哼！我的小钉子呀，对于沙皇，我觉得他没什么关系。问题不在沙皇，而在于那些老板们。我能忍受任何一个沙皇，即便是伊凡雷帝也无妨，请坐下来随便统治吧！只要让我能去制服老板，那就够了！让我能用一条金锁链把他们捆在御座上，我就会向你顶礼膜拜……”

他读完《沙皇就是饥饿》后说道：

“书里写的都非常正确！”

他初次看到这本石印小册子后，问我道：

“谁给你写的这本书呀？写得真明白！你去转告他：我谢谢他[①]！”

鲁布佐夫有着异常强烈的求知欲。他常常全神贯注地听沙波什尼科夫亵渎上帝的激烈言谈，一连几个钟头听我讲关于书籍的故事，他会快活得仰头大笑不止，并不停地赞叹：

“人的脑瓜儿真是机灵，嘿，真是机灵！”

他自己读书很困难——眼疾害得他看东西不方便。但他却知道很多事情，这常令我感到惊讶。比如他说：

“德国有个智慧非凡的木匠，连国王都常向他请教。”

我继续追问下去，才知道他说的是倍倍尔[②]的事。

“您是怎么知道这事儿的？”

“知道就知道吗。”他简短地答道，同时用小指头挠着他那坑坑洼洼的脑袋。

沙波什尼科夫对现实的困苦生活并不感兴趣，他心里只想着颠覆上帝、嘲弄神父。他尤其厌恶修士。

有一次，鲁布佐夫好意地问他：

“雅科夫！你为什么只是一味地对上帝大吵大骂呀？”

他却愈发恶狠狠地叫了起来：

“除了上帝，还有别的什么可以妨碍我吗？嗯？我信仰上帝，信仰了快有二十年，在他面前我活得提心吊胆，也顺从地忍受一切。争辩是不允许的，上帝已经注定了的。生活被束缚起来。可我仔细读了《圣经》后，才发现，这是编造的！尼基塔！一切全都是编造的呀！”

---

① “他”指的是阿列克谢·尼古拉耶维奇·巴赫。

② 倍倍尔（1840—1913）：德国社会民主党和第二国际的领导人之一，做过木工，一八六七年开始任议会议员。

他挥动着一只手臂，仿佛是想扯断那条“看不见的线”，他的声音几近于哭泣：

“瞧瞧，就因为这个，我快要过早地死去了！”

我还结交了几个有意思的人，我常会跑到谢苗诺夫的面包坊去看看我的老伙计们。他们也很欢迎我，喜欢听我讲话。只是鲁布佐夫住在船厂区，沙波什尼科夫住在鞑靼区——那里离卡班河对岸还有很远的一程——彼此相隔五俄里，我难得能见他们一次。他们也没法来看我，因为我没地方接待客人，况且新来的面包师是个退役军人，跟宪兵们来往甚密。我们面包店的院子后面就是宪兵司令部后院，因而一些耀武扬威的“蓝制服”们常常翻过围墙，来为汉加尔特上校买白面包或者为自己买黑面包。而且也有人劝我不要过于“锋芒毕露”，以免引起别人对面包坊的更多注意。

我觉得我的工作实在是有些多余了。近来这样的事越来越多：人们不顾生意的好坏，随便从账上取钱，以至有时竟连面粉钱都支不出。杰连科夫捋着胡子，无可奈何地苦笑说：

“我们要破产啦。”

他的个人生活也变得很糟糕。红头发的娜斯佳怀了孕，成天像只凶猫似的，瞪着一双怨天尤人的绿眼睛，瞪着所有事和所有人。

她走路时对安德烈熟视无睹，直朝他身上走去。他带着歉意的微笑给她闪开道，只是叹息。

他有时也会向我诉苦：

“全都是随心所欲，什么东西都胡拿，实在不像话！我自己买了半打袜子，一下子就全没啦。”

关于这袜子的事挺可笑，但我却笑不出来。在我眼里，这个谦逊无私的人正在全力挣扎，竭力要把有益的事业坚持下去。但他周围的人却对他的事业漠不关心，甚至从中破坏。杰连科夫尽管不想博得他所服务的那些人的感激，但他有要求别人给予他关怀和友好的权利，而现实却并不是这样。他的家庭也快垮掉了：父亲在死后下地狱的阴影下，患上了精神抑郁症；小弟开始酗酒，跟姑娘们胡搞；妹妹则形同陌路，看样子，她跟那个红头发大学生的恋爱并不顺利。我常见她两眼哭得红红肿肿的，于是我也对那个大学生憎恨起来。

我觉得，我喜欢上了玛丽亚·杰连科娃。我也很喜欢我们面包店的女店员娜杰日达·谢尔巴托娃——一个身体壮实，面色通红，红嘴唇上常挂着温柔微笑的姑娘。总之，我陷入了爱情之中。年龄、性情和杂乱无章的生活，这一切都促使我去接近女人，与其说这来得太早，不如说来得太晚了。我需要女人的温情，即使是女人友好的关怀也好。我需要找个人袒露心事，需要有人帮我弄清那些杂乱的思想和感受。

我还没有推心置腹的朋友。那些把我视作“待琢之璞”的人，引不起我的同情，也无法让我向他们敞开胸怀。每当我提起他们没兴趣的事时，他们便会立刻打断：

“行了，别说这些啦！”

古里·普列特尼奥夫被捕了，并被押送到彼得堡，关进了克列斯特监狱。那天早上我在街头遇上尼基福雷奇，才从他口里首先得知这个消息。他胸前挂满了奖章，像是刚刚接受了检阅，严肃而沉默地走了过来，他只把手往帽檐上举了举，便一言不发地与我擦身而过。可他立即又停下来，用气冲冲的语调朝我脑后说：

“古里·普列特尼奥夫昨天夜里被逮捕了……”

接着他挥了挥手，四下张望一番，又低声补充道：

“这个小伙子完了！”

我见他那狡诈的眼睛中似乎还闪动着泪花。

我知道普列特尼奥夫早已预计到自己会有这么一天。他曾经警告过我，还让我和鲁布佐夫别去找他，他跟鲁布佐夫也同样要好，就像跟我一样。

尼基福雷奇低头看着脚，不太高兴地问道：

“你为什么不去我那儿坐坐呀？”

晚上我便去看他，他刚刚醒过来，坐在床上喝着格瓦斯。他老婆躬身坐在小窗户口给他补裤子。

“事情就是这样。”老警察说着，一面用手挠着他那狗熊般的满是长毛的胸膛，一面思索着什么似的望着我。“他被逮捕了。从他住所搜出一口小锅，他用它来煮颜料，印制反对沙皇的传单。”

他朝地板啐了一口唾沫，冲着老婆恼怒地喊道：

“把裤子拿过来！”

“就快好啦。”她答道，头都没抬一下。

“她同情他，还哭哩。”老警察望望老婆，说道，“我也挺同情他。可是，一个大学生怎能去反对沙皇陛下呢？”

他开始穿衣服，又对老婆说：

“我出去一下……你——赶快烧茶炊吧！”

她还是一动不动地望着窗外，但等老头子一出屋门，她就急着回过身来，把紧握的拳头冲门口一伸，咬牙切齿地骂道：

“哼！老混蛋！”

她的脸哭得浮肿起来，左眼有一大块淤青，几乎没法睁眼。她站起身，走到壁炉前，弯腰收拾茶炊，恶狠狠地说道：

“我要骗骗他，骗得他直叫唤！就像野狼一样哀号。你别相信他！他的话没一句是真的！他就要逮你了。他撒谎，他从不同情谁，他就像个渔夫。您的事他已经了如指掌，他就是吃这碗饭的，他的兴趣就在于抓人……”

她走过来紧紧依着我，带着乞求的腔调恳求说：

“亲亲我，好吗？”

我并不喜欢这个女人，但她望着我的眼神带着一种巨大的伤痛，使我不由得把她搂进了怀中，抚摸她散乱油亮的头发。

“他现在正在盯谁的梢？”

“一些住在雷布诺里亚德街上旅馆里的人。”

“你不知道他们叫什么吗？”

她微笑着答道：

“瞧你，我要向他告发，说你向我套口风来着！噢，他回来啦……古罗奇卡[①]就是他探察出来的……”

她又连忙回到了壁炉前。

尼基福雷奇带回一瓶伏特加、一些果子酱和面包。我们坐下来喝茶。马林娜跟我坐在一起，尤其热情地招待我，不时用那只没带伤的眼睛望望我的脸，她丈夫又开始教导我：

“这条看不见的线，深人心灵，深入骨髓，哼哼，你扯得断，抽得掉吗？沙皇就是人民的上帝！”

他突然又问我：

“你也读过不少书啦，《福音书》读过吧？嗯，照你看，它说的都对吗？”

“我不知道。”

“依我之见，那都是些废话，而且还不少，比如说穷人吧，上面说穷人是有福的，可他能有什么福呢？简直有些胡扯。那些关于穷人的话都有些难以理解。应该把穷人区分开来：一种是生来就穷的人，一种是变得贫穷的人。生来就穷的人自然不是好人！而变得贫穷的人则可能是不幸。这样才对。”

“为什么？”

他用探索的眼光望了我一阵，然后便郑重其事地陈述起那显然经过了深思熟虑的看法：

“福音书上有很多怜悯人的言语，而怜悯并不见得有什么益处。我是这样想：怜悯，就意味着在无用、甚至在有害的人身上花费大量的资源，开办诸如贫民收容所、养老院、监狱、疯人院之类的。我们本该帮助那些健康、壮实的人，有效地利用他们的力量。可我们偏要去帮助弱者，帮助了就能使他们变强吗？由于这种无聊的劳动，强者也丧失了力量，变弱了。弱者反而站在了强者之前，这道理怎么讲得通呢！应该换个角度考虑问题，要知道——我们的生活和福音书早已拉开了距离，生活按它自己的轨道行事。瞧瞧，普列特尼奥夫为什么会完蛋？就是因为怜悯。我们怜悯穷人，大学

① 古罗奇卡：古里的爱称。

生却受到牵连。这叫什么理智呀？”

虽然以前我也不止一次听到过这样的思想，可我还是头一次听到它被用如此露骨的方式表达出来，而且出乎我意外的是，这种思想竟然有那么强的影响力，流传得那么广泛。记得七年之后我读尼采的书时，脑子里又清晰地浮现出了这个喀山老警察的哲学思想。顺便提一下，很少有什么书本上的见解，是我在实际生活中不曾接触过的。

这个以“抓人”为职业的老头子，口若悬河地说着，还用手指在茶盘沿上随着语调有节奏地敲打着。他的脸冷酷而阴沉，眼睛并不看我，只直盯着擦得镜子般明亮的铜茶壶。

“你该走啦！”他老婆提醒了他两次，他却不理不睬，自顾自地顺着思路一句句地往下说。不经意间，他又莫名其妙地谈到了新话题：

“小伙子，你既不笨又不蠢，又会读书写字，你就甘心做一个面包师？要是你愿意为沙皇出点力，保准能赚更多钱……”

我耳朵上听着他讲，心里却盘算着如何通知那些住在雷布诺里亚德街上的素不相识的人，让他们知道正受到尼基福雷奇的监视。有一个刚从亚卢托罗夫斯克流放地回来的人住在那条街的旅馆里，名叫谢尔盖·索莫夫。我听说过他的许多有趣故事。

“聪明人应当联盟在一起，就像蜂房里的蜜蜂，或者土窝里的黄蜂一样。沙俄帝国……”

“瞧，都九点钟啦！”老婆又催促道。

“糟糕！”

尼基福雷奇起身扣着制服的扣子。

“噢，没关系，我搭辆马车。老弟，再见啦！以后常来坐坐，别客气……”

从警察的小哨所出来时，我就打定主意，以后再不到尼基福雷奇家“拜访”了。虽说这个老头儿蛮有意思，但我却从心里对他反感。他对怜悯危害的讲述非常生动，令人终生难忘。我也觉得这些话不无道理。可惜它们出自于一个反动警察之口。

人们常在这种问题上争来争去，有一个人的见解对我震撼尤其的大。

城里来了一个“托尔斯泰主义者”，我还是头一次跟这种人接触。他身材高挑、壮实，脸色紫红，留着一把黑色的山羊胡子，嘴唇很厚，像黑人似的。他总是躬着背朝地下看，但有时会突然扬起秃秃的脑袋，湿润的黑眼睛闪动着火热的激情，犀利的目光像是燃烧着仇恨。这次的聚会是在一位教授家里举行的，来了许多年轻人，其中有一位气质儒雅、穿着黑丝绸法衣的小神父，是个神学硕士，他苍白的面孔在黑法衣的映衬下显得清秀俊气，一双无动于衷的灰眼睛流露出冷漠的笑意。

托尔斯泰主义者发表了长篇大论，阐释福音书上那永恒而伟大的真理。他的声音有些嘶哑，用语简短有力，从中能感受到一种虔诚的力量。他讲话时习惯性地用毛茸茸的左手在空中比画着，右手却始终揣在衣兜里。

“演员！”我身边的角落传来人们低声的议论。

“是呀，就像在演戏似的……”

不久前我刚读完一本书，作者好像是德雷波尔[①]，讲述天主教如何反对科学。我觉得这位托尔斯泰主义者跟书里的天主教教士没什么两样，他们相信爱是拯救世界的根本，因而为了表现对人们的仁爱，就准备把人全杀死并用火焚烧。

他穿着白色的衬衣，袖口宽大，外面套上一件破旧的灰长袍，这使他显得与众不同。他在讲话的最后扬声喊道：

“这么说来，你们是赞同基督呢，还是赞同达尔文？”

他抛出了这个问题，仿佛在抛出一块石头。这时拥挤在角落里的小伙子和姑娘们，都吃惊地望着他。显然，他的话很有震慑力。人们都垂下头，陷入了沉思。他用火辣辣的目光扫视了全场，又厉

① 约翰·威廉·德雷波尔（1811—1882）：美国哲学家、历史学家，著有《天主教与科学关系史》。

声补充道：

“只有法利赛人[1]才会去调和两种根本对立的原则，调和是可耻的，既欺骗自己，也欺骗了别人……”

小神父站了起来，不慌不忙地挽了一下法衣的袖子，带着恶意的客气和释然的冷笑，淡淡地说：

“看来，你们赞成了那种对法利赛人的粗俗看法，这种看法不仅武断，而且简直荒谬绝纶……”

令我十分惊讶的是，他在阐明，法利赛人才真诚忠实地继承了犹太人的遗训，犹太人也常同法利赛人并肩反抗自己的敌人。

“应该去读读约瑟福斯[2]的书……”

托尔斯泰主义者猛地跳起来，左手在空中使劲儿一劈，似乎要斩断约瑟福斯的腰，叫道：

“直到今天，人民还在伙同敌人来反对自己的朋友！人民的行为并不自由，他们被逼迫、被强制。读了约瑟福斯又有什么用？”

小神父和其他人把争论主题分解得七零八落，渐渐地离中心议题越来越远。

“真理——就是爱。”托尔斯泰主义者喊道，眼睛里闪烁着愤恨和轻蔑的光芒。

我觉得自己在这些发言中变得晕头转向，根本无法抓住中心，在这股词句的旋风里，脚下的大地似乎都在动摇。我常绝望地想：我恐怕是这世上最蠢最无能的家伙了。

托尔斯泰主义者一面把汗珠从紫红的脸膛上擦去，一面发狂似的喊道：

“把《福音书》扔到一边去吧，忘了它吧，这样才不至于去招摇撞骗！把基督重新钉上十字架，那才是真正的虔诚！”

---

① 法利赛人：犹太的一个教派。主要代表居民中的中间阶层的利益。《福音书》把法利赛人称为伪善者。

② 约瑟福斯（约37—95）：古犹太军事长官和历史学家，著有《犹太战争史》。

我心里突然产生了一个很大的疑问："怎么办？如果生活是为获取世间幸福而不停地斗争，那么仁慈和爱岂不是成了阻碍斗争的绊脚石？"

我打听出托尔斯泰主义者名叫克洛普斯基，还打听了他的住址。第二天晚上，我便去拜访了他。他寄住在一个地主家里，正同地主的两个女儿坐在花园一棵大菩提树下的桌子旁用餐。他穿着白裤子、白衬衫，衬衫半敞着，袒露出毛茸茸的胸膛。他身材高挑，颧骨凸起，面颊清瘦，简直跟我想象中的使徒和传道者一模一样。

他用小银匙从碟子里舀出牛奶泡草莓，有滋有味地咽下，又咂咂厚嘴唇，每吃一口还要吹掉沾在稀疏的猫胡子上的奶沫。一个姑娘站在桌旁伺候着他，另一个双手环抱着倚在菩提树干上，望向灰蒙蒙的燥热天空，仿佛陷入了什么幻想之中。两个姑娘都穿着紫丁香色的薄裙，相貌非常相似，很难把她俩区分开来。

他轻松友好地跟我谈起了爱的创造力。他说，"人应该从自己的灵魂中发掘出这种高尚的情感，只有它才能使人具有世界精神，也才能使人对人类施以博爱。

"只有这种情感，才能把人联结在一起！没有爱，就不可能理解生活。有些人认为生活的法则是斗争，他们是一群注定要毁灭的糊涂蛋。火不能灭火，同样，借邪恶之力也无法消灭邪恶！"

可是当两个姑娘相拥着向花园深处的房子走去时，他一面眯着眼目送她们的身影，一面问我：

"你是干什么的呀？"

他听了我的回答之后，便用手指敲着桌面，说起人不管处于何种地位，他所努力争取的，不应当是改变在生活中的位置，而是培养博爱的精神。

"人越处在低的位置，就越接近生活的真理，越接近高尚的智慧……"

我有些怀疑他是否真正理解这种"高尚的智慧"，但是并没有说出来。他似乎对我们之间的谈话没有了兴趣，用厌烦的眼光看了看我，打个哈欠，伸直双腿，把双手垫在脑后，疲倦地闭上眼睛，梦呓般说道：

“服从于爱……是生活的法则……”

突然，他浑身一颤，双手在空中扬了扬，像是要抓住什么东西，又用惊讶的目光望着我说道：

“这是怎么回事？我有些疲倦了，请原谅！”

他又闭上了眼，龇牙咧嘴的，仿佛正在忍受什么创痛。他的上嘴唇向上翘起，下唇向下翻着，几根稀疏的黑色胡须也竖了起来。

带着厌恶之情，我离开了，心中愈发怀疑他对人的诚意。

几天之后，我清晨送面包到一位熟识的喜欢喝酒的单身副教授家，又见到了克洛普斯基。他大概彻夜未眠，面色发乌，眼睛红肿，我想他可能喝醉了。胖胖的副教授醉得不省人事，只穿一条衬裤，手里抱着吉他，坐在一堆七零八落的家具、啤酒瓶和脱掉的外衣之中。他东倒西歪，大声叫道：

“仁——爱……”

克洛普斯基气愤地厉声叫道：

“仁爱不存在！我们要么被爱淹没吞噬，要么在为爱的战斗中毁灭，结局都是一样：我们注定会死去……”

他抓住我的肩膀，把我拉进了屋，又对副教授说：

“你问问他，他想要什么？问问，他需要的是人类的爱吗？”

副教授望了我一眼，眼中含着泪水，他笑道：

“他是卖面包的，我欠他钱。”

他把身子一歪，伸手从衣兜里摸出一把钥匙，递给我说：

“去吧！把所有的钱全拿走！”

可是托尔斯泰主义者却一把抢过了钥匙，对我挥挥手：

“走吧！回头再来拿钱！”

他从我手里接过面包，随手扔在屋角的躺椅上。

他没有认出我，这反而令我感到欣慰。我出门时心里想着他那番关于被爱吞噬的话，觉得愈发惹人厌恶起来。

不久，我听说，他曾向他寄住的地主家的一个女儿求爱，然而就在当天，他又向另一个求了爱。两姐妹彼此都谈起了这桩高兴事，于是便惹出对这个“钟情者”的仇恨。她们让仆人将这个多情的传道士立即扫地出门。从此他便再没有在城里出现过。

爱和仁慈在人们的生活中有怎样的意义？我早已觉察到了这个复杂而难解的问题，起初它只是在心里模模糊糊地纠缠不清，后来才凝练成一句明确的问话：

“爱的作用究竟是什么？”

我读过的所有书，谈的全是基督教思想，人道主义，怜悯的悲鸣，而当时我认识的优秀人物，也都激情澎湃、有理有据地讨论这类问题。

但真实地摆在我眼前的，却几乎全都与对人们的怜悯扯不上边儿。我眼中的现实生活，只是一条由仇恨和残忍串成的锁链，人们为着微不足道的目的而进行卑鄙的争斗。就我自身而言，我所需要的只是书籍，其他的一切都毫无意义。

你只要走上大街，或者在门前坐上一会儿，就会发现，那些马车夫、清道夫、工人、官吏、商人，他们的生活跟那些我所敬爱的知识分子截然不同，他们有另外的目标，走着另外一条道路。我所尊敬的知识分子是孤独的，游离于世外。在多数人中间，在这些像蚂蚁忙忙碌碌的人们所身处的肮脏生活中间，他们是多余的。我被眼前的生活消磨得百无聊赖，甚至快要窒息而死。我常常发现，仁慈和博爱只不过是嘴上的口号，而实际上，人们已经暗暗地屈从了生活的常规。

我觉得生活真是艰难！

有一天，因为患水肿病而面颊黄肿的兽医拉夫罗夫，喘着大气对我说：

“应当增强残酷性，强到令人疲惫不堪的程度，让每个人都感到厌烦，就像这个混账秋天一样！”

那年的秋天来得很早，秋雨连绵，寒气逼人，疾病和自杀一件接一件。拉夫罗夫不愿等到被水肿病拖垮，服氰化钾自杀了。

“给牲口治了一辈子病，最后自己却像牲口一样死掉了！”兽医的房东梅德尼科夫为他送葬时，这样说道。梅德尼科夫是个裁缝，身体瘦弱，对宗教十分虔诚，能够背诵所有歌颂圣母的赞美诗。但他常用三股皮条的鞭子抽他的孩子——七岁的女儿和十一岁的儿子，用竹竿打老婆的腿肚子，还埋怨说：

“调解法官责难我从中国人那儿学来这些东西，可我从来就没见过中国人，除了在广告和画片上之外。”

有一个整天哭丧着脸的罗圈腿在他的裁缝铺里做工，绰号“顿卡老汉”，他这样议论他的老板：

“我最害怕的就是那种信教的温和的人！暴躁的人你一眼即知，能够及时躲避。可温和的人会在你不经意间就来到你身旁，像草丛中狡诈的蛇一样，冷不防地咬住你袒露的心房。我真的很怕温和的人……”

顿卡老汉就是个既温和又狡诈的人，而且还很会讨梅德尼科夫的喜欢，但他的话却有几分道理。

有时我觉得，温和的人就像苔藓，能够软化生活中的岩石，使它能够生花长草。但更多的情况是，许多温和的人对肮脏的行径有着乖巧的适应力，他们那种无从把握的反复无常和圆滑世故，还有他们那蚊虫般的呻吟——这些都使我感觉到自己像是被绊倒在地并陷于马蝇包围之中的马。

从警察家出来时，我也有过同样的想法。

秋风叹息，街灯摇曳，昏暗的天空颤抖着将十月的细雨洒向大地。一个湿淋淋的妓女扶着一个醉汉的手臂往前推搡，沿街西行。醉汉一面哭泣，一面嘀咕着什么。妓女已经精疲力竭，嘶哑地说：

“你的命运注定如此……”

“是呀，”我心想，“我也被人拖着，推到一个悲惨的角落，在我面前呈现出种种丑恶、悲伤的事和稀奇古怪的人。我已经厌倦了。”

这些也许不是我当时所想的原话，但在我头脑中确实浮现过这种思想。就在这个悲伤的夜晚，我第一次感觉到了精神的疲惫和心灵的颓丧。从那以后，我觉得自己的情况越来越糟，开始用一种冷漠的、甚至敌视的眼光来看待自己。

我已看出，几乎每个人身上都包含着尖锐复杂的矛盾，这不仅表现在言语和行动上，还表现在情感上，这种情感上变幻莫测的矛盾特别让我苦恼。更让人恼火的是，这种矛盾也在我身上激烈地冲突着。我对很多东西都感兴趣，或者是女人和书籍，或者是工人和快乐的大学生，但都没在任何方面有所成就，既没有融入“这些人”的生活，也没有融人“那些入”的生活，只是转来转去，仿佛一只陀螺，被一只看不见的巨手拿着无形的鞭子，猛烈地抽打着。

得到雅科夫·沙波什尼科夫住院的消息后，我便去探望他。可是到了医院，看到一个歪嘴的胖女人，戴着眼镜，头上扎一块白头巾，头巾下耷拉着两只红得像煮过的耳朵，她漠然地说道：

“他死啦。”

她见我仍然愣在她面前，不肯走开，便发火地叫起来：

“喂！你还想干什么？”

我也火了，骂道：

“你是个白痴！”

“尼古拉！快撵走他！”

尼古拉正用碎布条擦着一根铜棒，他大喝一声，顺手就拿铜棒打到了我的脊背。于是我冲上去抱住他，拖到外面，丢进医院台阶旁的水洼里。他似乎倒不以为然，瞪着眼瞅我，干巴巴地坐了一会儿，便站起来冲我说：

“你，就是条狗！”

我来到杰尔查文[①]公园，坐在诗人纪念像旁的一条长凳上，有股强烈的冲动想要去惹是生非一番，好引得大群的人冲我围过来，我也好趁机揍他们一顿。遗憾的是，尽管今天是节日，公园仍然空荡

① 杰尔查文(1734—1816)：俄国诗人。

荡的，见不着人影，只有秋风卷扫着落叶，路灯柱子上的广告纸发出沙沙的声响。

黄昏来临，公园上空的湛蓝天空渐渐阴暗下来，风也更凉了。我注视着面前高大的诗人青铜像，心想：孤独的雅科夫活在世上时，为摧毁上帝而费尽心血，如今就这样平平凡凡地死去了。平平凡凡地死去，这真令人心酸，也令人不平。

“尼古拉这个白痴，他该跟我打上一架，或者去叫警察把我抓进警察局也好……”

我去了鲁布佐夫家，他正坐在屋子里的桌子旁，借一盏小灯微弱的光亮缝补短衫。

“雅科夫死了！”

老头儿举起拿着针线的手，似乎是想画十字，可是被什么东西缠住了，没能划成，他低声骂道：“妈的！”

随即他絮叨起来：

“这么说吧，我们都是要死的。命中注定！老弟，他倒是已经死了，可这里有个独身的铜匠，也快完蛋了，就在上个星期天，被宪兵逮去了。古里介绍我们俩认识的。一个聪明的铜匠！跟大学生有些瓜葛。你听说了吗？大学生在闹学潮，那是真的吗？噢！你来帮我缝这件短衫吧！人老了，眼睛不好使了……”

他把破衣服和针线递给我，自己背起双手，在小屋里来回踱着步子，一面咳嗽，一面继续说道：

“这里，或者那里，火星才刚露出点头，魔鬼就把它扑灭了，然后又重归窒息的黑暗！这是个不幸的城市。趁着伏尔加河还没冰封，轮船尚能通行的时候，我还是赶紧离开吧。”

他收住步子，挠着头皮自言自语：

“可我还能上哪儿去呢？哪儿都去过了呀。是啊，走遍了各地，都只是白白累了自个儿。”

他吐了一口唾沫，又说道：

“呸！这就是生活？该死！活呀，活呀，可是无论肉体还是心

灵都一无所得……”

他在门后一言不发地站着，仿佛在倾听什么，然后几步跨到我跟前，在桌旁坐下。

“我的列克谢·马克西莫维奇，我来告诉你，雅科夫费尽心机地去摧毁上帝，那完全是徒劳无功！无论是上帝还是沙皇，都不会因为受到我们的背弃而变好，因此，更有效的途径是让人们知道愤恨自己，把自己眼前的卑贱生活砸碎，只有如此！唉，我老了，赶不上啦，眼睛也快看不见啦，真让人痛苦！老弟！缝好了吗？谢谢……咱们上小饭馆去，喝喝茶……”

去小饭馆的路上，他扶着我的肩，在黑夜里磕磕绊绊地走着，他还嘀咕着：“记住我的话，人们的忍耐已到极限了，总有一天会爆发的，把这一切都砸得稀烂！人们再也不能忍耐了……”

我们在到小饭馆之前，遇上一群水手正在围攻妓院，阿拉富佐夫纺织厂的工人们则护在妓院门前。

“一到节假日，这儿就会有人打架！”鲁布佐夫不无赞叹地说道。他从妓院门口的守卫者中认出了自己以前的同伴，便摘下眼镜，也加入了战斗，还一面煽动地大喊道：

“工人！坚持住！掐死这些癞蛤蟆！干掉这些小鳟鱼！咿——啊哈！”真令人惊讶，也令人好笑，这个聪明的老头儿竟然如此狂热、机敏，他冲进运输舰水兵的人群，顶着他们的拳头，用肩膀把水兵撞得仰面朝天。他们看起来毫无恶意，一味欢畅地扭打，只是为了显示自己的勇气和力量。黑压压的一大群人朝门口拥上来，工人们被推挤到大门板上，压得门板咯吱咯吱直响，人群中传出狂热的叫喊：

“打那个秃头军官！”

有两个人爬上了屋顶，有节奏地欢快地唱道：

我们不是窃贼，也不是骗子，
更不是打劫的强盗，

我们是船上的小伙子，
我们来捕鱼！[①]

警笛声响了起来，制服的铜扣子在黑暗中闪现，靴子把泥水踏得哗哗作响。屋顶上又传来了歌声：

我们的网儿撒向两岸干涸的土地，
撒向店铺、货栈和粮仓……

“住手！不许打倒下的人……”

“老爷子！留点神！”

后来，鲁布佐夫、我和另外五个人——有敌人也有朋友——被逮住送往警察分局去了。秋夜深沉而宁静，一阵活泼的歌声为我们送行：

嘿，我们捕得狗鱼四十尾，
正好缝件鱼皮衣！

“伏尔加河上的人们多好啊！”鲁布佐夫赞叹道，他不住地擤鼻涕、吐唾沫，悄悄对我说：“快逃吧！瞅准机会就跑！你何苦要往警察局里钻呢？”

我撒腿跑进了一个小胡同，还有一个高个子水手也跟着我跑，越过一道又一道矮墙。可是自从那一夜之后，我就再没见到这个可爱的聪明人——尼基塔·鲁布佐夫。

我身旁显得越来越空荡荡的了。大学生们开始闹学潮了，但我并不理解其意义，也不理解其动机。我只看到欢快的奔忙，却并不觉得这里面会有什么悲剧。为了获取上大学的幸福，我甘愿忍受折磨。假如有人向我提议：“去吧，去学习，不过为此我们每个星期

① 这是俄罗斯民歌《窃贼歌》。

天都要在尼古拉耶夫广场用棍子打你一顿！”即便是这种条件，我大概也会接受。

一天，我来到谢苗诺夫的面包坊，听说面包工人们准备去大学殴打大学生。

“咱们拿秤砣打！”面包工人兴奋而凶恶地说。

我跟他们争吵起来，但是令我吃惊的是，我竟然感到无意、也无话来为大学生辩护。

记得我从地下室走出来时，就像被别人打伤了似的，被一种难以抑制、令人窒息的忧愁占据了心头。

晚上，我坐在卡班河岸边，一面向黑暗的河水扔着小石头，一面反反复复地想：

“我该怎么办？”

为了摆脱苦闷，我开始学习小提琴，每天晚上都在店铺里拉琴，搅得值夜勤的人和老鼠都不得安生。我很喜爱音乐，以狂热的劲头儿来学习。谁知有一天，那位从戏院乐队请来的教师，在上课时竟然趁我有事外出之机，偷偷打开了我那没上锁的收款箱。我返回时，他正在往几个鼓鼓囊囊的衣兜里塞钱。他一见我进了门，便把脖子一伸，转过剃得干干净净的阴郁的脸，低声说道：

“哎，你打吧！”

他的双唇不住地颤抖，两行泪水从浅色的眼睛里夺眶而出，泪珠很大很大。

我真想揍这个琴师，可是为避免做出这样的事，我在地板上坐了下来，把双拳压到腿下，命令他把钱放回去。他把几个衣兜都掏空，走了，可又在门口停住，用白痴似的响亮异常的声音说道：

“给我十个卢布吧！”

我给了他钱，学小提琴的事就这么结束了。

这年十二月，我决定自杀。[①]对于这原因，我在短篇小说《马卡尔生活中的事变》里曾试图加以描写。可惜并不成功——小说显

---

① 高尔基于一八八七年十二月，在喀山河旁的费奥多洛夫山岗自杀未遂。

得拙劣、可憎，没有内在的真实。我觉得那篇小说的价值也正在于这一点：没有内在的真实性。故事是真实的，可是讲述故事的好像并不是我，故事里的人物也好像不是我自己。要是先把文学价值抛开不谈，我觉得其中还是有令我满意之处：我似乎已经能把握自己了。我从市场上买来一把军鼓手用的旧手枪，里面装着四颗子弹。我朝自己的胸膛开了一枪，本想打中心脏，但却只打穿了一片肺叶，一个月后，我觉得自己蠢到了无以复加的地步，怀着羞愧的心情，又回到面包坊开始工作了。

可是不久。三月末的一天夜里，我从面包坊到店面里去时，在女店员的房间里遇见了霍霍尔，他坐在窗前的椅子上，点着一支很粗的烟卷陷入沉思，目光注视着腾起的烟雾。

“您有时间吗？”他直截了当地问我。

“二十分钟吧。”

“坐下来吧，我们谈谈。”

他还跟往常一样，裹着一件紧身的“皮革”哥萨克上衣，蓬松的淡黄胡须垂到宽阔的胸膛前，倔强的脑门上直竖着短短的硬头发，脚上是一双庄稼汉的笨重靴子，散发着浓烈的胶臭味儿。

“喂，”他的声音很轻，从容地说道，“您愿不愿意上我那儿去？我住在红景村，从这儿沿伏尔加河往下走上四十五俄里就到了。我在那里开了间店铺[①]，您来帮我经管一下，这并不会花您太多时间。我有一些好书，我还可以帮助您学习，您看这样成吗？”

“行吧。”

“那请您星期五早晨六点来库尔巴托夫码头，打听打听从红景村来的舢板船，船主名叫瓦西里·潘科夫。不过，我会在那里等你的，会看见您的，再见啦！”

他站起身，把一只大手朝我伸过来，而用另一只手从怀里掏出一只笨重的银壳凸面怀表，对我说道：

① 罗马斯由民粹派地下组织资助开了一家小店，用以掩护在农民中的宣传工作。

“我的谈话费时六分钟！嗯，我的名字叫米哈伊洛·安东诺夫，姓罗马斯，就这样吧。”

他头也不回地迈开大步，拖着他那武士般魁伟的身体轻松地走了。

两天之后，我就乘船前往红景村。

伏尔加河刚刚解冻，一块块灰色易碎的冰块漂浮翻滚在浑浊的水面上，顺流而下。舢板船穿过去时，船舷与冰块擦撞，发出咔嚓咔嚓的声响。冰块被撞成尖细的冰晶四散飞溅。从上游吹来的风嬉戏着将浪花吹到河岸，阳光明亮得刺眼，一道道明亮的日光从淡蓝色玻璃般的冰块上反射而出。舢板船满载着木桶、布袋和箱子，扬帆乘风而行。一个名叫潘科夫的年轻庄稼汉掌着舵，穿着讲究，熟皮上衣的胸前用彩线绣着花纹。

他神色安详，目光冷静，沉默寡言，看上去并不像个庄稼汉。潘科夫的雇工库库什金手里拿着长篙，劈开腿站在船头。他是个蓬头乱发的庄稼汉，穿一件破旧的粗呢外套，腰间用一根绳子束起来，戴着一顶皱巴巴的神甫帽，脸上满是青紫的伤痕。他用长篙拨开冰块，轻蔑地骂道：

“滚开……往哪儿钻……”

我和罗马斯并肩坐在船帆下的箱子上，他低声对我说：

“庄稼人并不欢迎我，尤其是那些富农！您去那儿，也会遭到排斥的。”

库库什金把长篙放在脚下，转过满是伤痕的脸，兴冲冲地说道：

“尤其是你，安东内奇，最不讨神甫的喜欢啦！”

“这倒是事实。”潘科夫证实道。

“在他这条麻子狗眼里，你就像是卡着他喉咙的一块骨头！”

“不过我也有不少朋友，将来你也会有。”我听霍霍尔说道。

天气依然寒冷，三月的阳光尚不够温暖。光秃秃的黑色树枝在河岸上摇来摇去，在一条条沟道里或岩石岸的灌木丛林脚下，还残留着一片片天鹅绒般的积雪。冰块在河面上四处漂浮，宛如一群蠕动的白羊。我觉得自己像是置身于梦境。库库什金一面装着烟斗，一面议论道：

“即便你不是神甫的老婆，但他既然干了神甫这一行，就该照《圣经》的训诫，去爱任何人。”

“谁把你打成这样的？”罗马斯笑着问。

“这个呀，谁知道是些什么混账东西，大概是那些无赖吧。”库库什金轻蔑地说，接着又自得地吹嘘起来，“不，有一回我被九个炮兵围着打，打得可真够厉害的！我都纳闷，居然能活下来。”

“他们为什么打你呢？”潘科夫问道。

“你是说昨天，还是说炮手那次？”

“嗯，昨天又是为什么呀？”

“他们打我，这能弄得清为什么吗？在我们这儿，大家就跟山羊一样，有点儿什么事端，便会相互顶起来！人们视打架为家常便饭。”

“我看呀，”罗马斯说道，“就因为你说东说西人家才打你，你从不留意自己说些什么……”

“可能如此！我生性好奇，喜欢打听来打听去的。一听说什么新鲜事儿，我就兴高采烈。”

船头猛地撞上了冰块，船舷摩擦出嚓嚓的巨响。库库什金晃了晃身子，一把抓起长篙。潘科夫责怪道：

“留心看着船，斯捷潘！”

“你们别再跟我说话啦！”库库什金拨开冰块，同时在嘴里嘀咕着，“又要干活，又要说话，我可没法这样一心二用……”

他们带着逗趣的意味争论起来，罗马斯却对我说：

“这儿的土地不及我们乌克兰，可是人却比乌克兰的好，个个都很能干！”我留意着他的话，并且完全相信。我很喜欢他从容自如的态度以及简洁、流畅的话语。我觉得他懂得很多，而且有自己的待人准则。令我尤其高兴的是，他没有问我自杀的原因。换别的任何人，要是处在他的位置，可能早就问了。我非常反感这个问题，这令我难以回答。天知道我究竟为什么会去自杀，假如霍霍尔问我的话，我只会作出傻里傻气的回答。反正我实在不愿再去想起这件事。在伏尔加河上是多么美好，多么逍遥自在，多么心情舒畅呀！

舢板船靠着右岸行驶，左边的河面一下子宽阔起来，河水漫上了长着青草的沙岸。眼看着水涨起来，一层层浪花拍打着沿岸的灌木丛，一股股清冽的春水在浅沟和地面的裂缝中潺潺流淌，汇入河流。太阳明媚灿烂，几只黄嘴鸦在阳光下闪着乌钢般的羽毛，呫呫地叫着，为着新巢忙来忙去。向阳的地方，一片片绿茸茸的嫩草已经钻出了土地。人身上虽然还有些凉意，但在心头，却洋溢着欣欣喜悦，生长着希望的幼苗。这春天的大地，实在令人陶醉！

快到中午时，我们抵达了红景村。一座蓝顶教堂矗立在陡峭的高山上。从教堂沿山坡而下，则是一座又一座漂亮坚固的木头房子。黄色的木屋顶和锦缎般的草屋顶亮着闪闪的光，显得质朴而美丽。

这个村子我曾从轮船上看见过许多次，但是欣赏过去欣赏过来从未厌倦。

我和库库什金开始把舢板船上的货物卸上岸，罗马斯一面从船上递货袋，一面对我说：

"你还挺有劲儿的！"

随后，他眼不看我问道：

"胸口还疼吗？"

"一点也不。"

我对他这委婉关切的问话非常感动，因为我实在不愿让自杀这件事被农民们知道。

"你力气大，简直大得有些过头，"库库什金要起贫嘴，"小伙子，你是哪个省的？下戈罗德？人家笑你们靠河水吃饭。还有那句'嘿，留神鸥鸟今天从哪儿飞[①]'这也说的是你们。"

沿着山坡下来了一个高高瘦瘦的庄稼汉，长着一头浓密的棕红

① 下戈罗德人多以在伏尔加河上拉纤为生，常依据鸥鸟的飞行方向来观察天气变化。

头发，一把鬈胡须，只穿衬衫、衬裤，赤脚踏着泥泞，涉过一条条银光闪闪的小溪，踉踉跄跄地大步走了过来。

他来到岸边，友好地大声说道：

“欢迎你们。”

他四下看看，弯腰拾起两根粗竿子，把它们的一端搭上船舷，自己轻巧地跳上船，指挥我们道：

“用脚踩住竿子的一头，别叫它滑开，再用手接住桶。小伙子，过来帮一把。”

他长得挺英俊，似乎也挺有力气的样子。脸膛红润、鼻梁高挺，一双蓝眼睛闪着机智的光芒。

“伊佐特！可别感冒了！”罗马斯说。

“我吗？没事儿！”

我们把煤油桶滚上了岸，伊佐特打量着我问道：

“你是店员吗？”

“你跟他打一架看看。”库库什金提议道。

“你的脸又被打得挂花啦？”

“那有什么法子？”

“被谁打的？”

“不就那些打人的家伙吗……”

“你呀，唉！”伊佐特说着，叹息一声，又转过来对罗马斯说，“马车很快就下来。我打老远就看见你们划过来啦，划得真不错。安东内奇，你先走，这儿有我盯着就成。”

看得出，这人对罗马斯很友好，也很亲切，就像他的保护人一样，尽管罗马斯的年纪比这个伊佐特大上十来岁。

半小时后，我就坐在了一幢新木屋的干净舒适的房间里，空中还弥漫着松香和木屑的气息。一个目光犀利的女人正利索地布置着桌子，准备开饭。霍霍尔从手提箱里取出几本书，插进炉边的书架里。

“你的房间在阁楼上。”他说。

从阁楼的窗子望出去，可以看见村子的一半，正对面是一条山沟，沟里的灌木林间一排澡堂式的屋顶隐约可见。山沟后面是一片果林和黝黑的田野，连绵起伏地伸向高岭上幽青的森林，直到遥远的天际。一个身穿蓝色衣服的庄稼人坐在一座澡堂式的屋脊上，一手拿着斧头，另一只手遮在额前，向下面的伏尔加河眺望。马车吱吱作响，牛儿累得哞哞直叫，溪流哗啦啦地淌过。一个一袭黑衣的老太婆从一间木屋里走出来，又回身冲着门里面狠狠地说：

“你们这些该死的！”

两个调皮的男孩，正起劲儿地用石块和泥土筑坝堵住溪流，听见老太婆的声音，便撒腿跑开了。老太婆从地上捡起一块木片，吐上一口唾沫，又把它扔进小溪。随后，她用那只穿着男式靴子的脚捣毁了孩子们的工程，又朝伏尔加河走去了。

“我在这儿的生活会是什么样呢？”

他们唤我下去吃饭了。阁楼下，伊佐特直伸着两条红脚底的长腿坐在桌旁，正说着什么，可是一看见我便住了口。

“你怎么啦？”罗马斯皱起眉头问道，“接着往下讲呀。”

“没什么好说的了，全都说完了。大伙儿已经决定：得自个儿来对付。你出门要带上手枪，或者粗点的棍子也成。当着巴里诺夫的面儿说话得留点神，他跟库库什金一样，嘴巴快得跟女人似的。小伙子，对钓鱼有兴趣吗？”

“不太有。”

罗马斯又谈起，必须把农民的小果园主组织起来，让他们摆脱收购商的操纵。伊佐特仔细听了他们谈话后说道：

“这些地头蛇绝不会让你过安稳日子！”

“咱们走着瞧吧。”

“对，就这样吧。”

“这样的农民大概就是卡罗宁[①]和兹拉托夫拉茨基[②]短篇小说所

---

① 卡罗宁（1853—1892）：俄国民粹派作家，作品多描写农村生活。

② 兹拉托夫拉茨基（1845—1911）：俄国民粹派作家，作品多描写农民的苦难生活和农村阶级分化的情形。

依据的原型……”

难道现在的我已经加入那重大的活动，就要跟那些从事真正事业的人一起工作了吗？

吃过饭后，伊佐特说：

“安东诺夫，你别着急，好事不能一蹴而就，要循序渐进！”

他离开后，罗马斯又沉思着说：

“这个人很聪明，也很踏实。遗憾的是没有什么文化，读起书来很费劲儿，但他仍然顽强地学习。您在这上面要多帮帮他！”

他让我熟悉店里各种商品的价格，一直忙活到晚上。他对我说道：

“我们货物卖得比村里另两个杂货铺要便宜，这惹得他们很恼火。他们造谣中伤我，还打算狠狠揍我。我住在这里并不是为了寻取快乐，也不是做买卖赚钱，或者其他什么原因。就是说，我的目的跟你们的面包店一样……”

我告诉他，我早已想到了这一点。

“是呀……应该教育人们明白事理——对吧？”

店铺已经关了门，我们拿着灯在店里走来走去。门外的街上也传来踩在泥水里啪嗒啪嗒的脚步声，这脚步还不时悄悄地踏上台阶。

“听见了吗？有人在走！这是米贡，一个穷鬼，一只凶恶的野兽，老爱干坏事，就像漂亮姑娘爱卖弄风骚一样，你跟他说话得提防着点，反正对谁都得提防着点……”

然后，他回到卧室，点燃烟斗，把宽阔的脊背靠上炉炕，眯起眼睛，让一缕缕烟雾从胡须间穿过。他不慌不忙地斟词酌句，组成简洁清楚的话语，他说他早已发现我是在白白地耗费青春年华。

“您很有才能，性格顽强，而且显然胸怀美好的理想。您应当好好学习，但不是以这种死啃书本、与人隔绝的方式。有个什么教派的老头说得好：‘任何教导都来自于人。’人们的教导也许比看书要痛苦些，因为他们常常很粗暴，但是他们的教导会给你更深刻的记忆。”

他又说了些我所熟悉的关于首先要唤醒农民之类的话，只是从这些熟悉的词句里，我体会出了更深入、更新鲜的东西。

“你们那儿的大学生整天在对人民的爱这种问题上纠缠不清，对此，我要跟他们说：不能爱人民，所谓爱人民不过是句空话……”他的大胡子底下露出一丝微笑，用眼光探究着我，然后又在屋里踱起步子，满怀热情地接着说了下去：

“爱，就意味着赞同、迁就，不责难，多宽容。对待女人才需要这样！而对人民，难道能对他们的愚昧不加以指责吗？能够对他们误入歧途的思想加以赞同吗？能够对他们的可耻行径加以迁就吗？能够对他们的粗暴残酷加以宽容吗？不能吧！”

“不能。”

“您看！在你们那儿，大家都在阅读和歌唱涅克拉索夫[①]的诗，但是，您得明白，单单抱着涅克拉索夫不放是没有意义的。应该教导农民：‘老弟，你这人其实很不错，可是你的日子却过得糟透了，你没去想法让你的生活变得更轻松、更美好。野兽可能都比你更会照顾、保护自己。像你这样的农民也能成为各式各样的人才，贵族、神甫、学者、沙皇，这些人以前也都是农民呀。懂了吗？明白吗？对，你得学会生活，别再受别人的欺侮………

他进了厨房，让厨娘生火烧茶炊，然后又带我看看他的藏书，那些书几乎全是科学类的：有巴克尔[②]、莱伊尔[③]、哈特波尔·勒启[④]、拉布克[⑤]、泰罗[⑥]、穆勒·斯宾塞[⑦]、达尔文等人的著作，俄国

---

① 涅克拉索夫（1821—1877）：俄国诗人及革命民主主义者。
② 巴克尔（1821—1862）：英国实证论历史学家。
③ 莱伊尔（1797—1875）：英国地质学家。
④ 哈特波尔·勒启（1838—1903）：爱尔兰历史学家，政论家。
⑤ 拉布克（1834—1912）：英国自然科学家，人种学家。
⑥ 泰罗（1832—1917）：英国人种学家、社会学家。
⑦ 斯宾塞（1820—1903）：英国哲学家。

的有皮萨洛夫·杜勃罗留波夫[①]、车尔尼雪夫斯基、普希金、冈察洛夫[②]的《战舰帕拉达号》和涅克拉索夫的作品。

他用宽大的手掌亲切地摩挲着这些书，仿佛在抚摸一只小猫，带着爱怜的声调喃喃道：

“都是些好书！这本尤其珍贵，是禁书。您如果想知道国家是什么，就读读这本吧！”

他把一本霍布斯[③]的《巨灵》递给我。

“这本谈的也是国家问题，不过读起来比较容易，很有趣！”

这本有趣的书就是马基雅弗利[④]的《君主论》。

喝茶时，他三言两语地谈了谈他的身世。他出生在切尔尼戈夫省的一个铁匠家庭，曾在基辅车站作列车加油工，在那里结识了一些革命者。他因组织工人自学小组而被捕，被判入狱四年，后来又被充军发配到雅库特，过了十年的流放生活。

“那时，我跟雅库特人同住在一个乡，心里已经绝望了。要知道，那儿的冬天可真他妈的冷，把人的脑子都冻木了。不过脑子在那种地方原本就没什么用。可是后来我不时地看见一个又一个的俄罗斯人，虽然并没能遇上多少，但总算是有俄罗斯人了！仿佛是担心在那儿的俄罗斯人太寂寞，便时而加送一些新的。他们都是些好人。有一个叫弗拉基米尔·柯罗连科的大学生，现在也回来了。我跟他相当要好地相处了一段时间，后来便各奔东西了。我俩在许多地方非常相似，但是相似并不意味着能够建立友谊。他是个既顽强又认真的人，而且多才多艺，甚至会画圣母像——我很不喜欢这种东西。据说他现在在为杂志写稿了，还写得挺不错。”

他谈了很长时间，一直到半夜。看样子，他是想一下子就把我

---

① 杜勃罗留波夫（1836—1861）：俄国革命民主主义者，文艺批评家。

② 冈察洛夫（1812—1891）：俄国作家。

③ 霍布斯（1588—1679）：英国哲学家和政治思想家，主张君主专制政体。

④ 马基雅弗利（1469—1527）：意大利政治活动家、历史学家，主张君主专制。

变成与他志同道合的人。我还是头一次感觉到如此真诚热烈的友情。自从自杀那事儿以后，我就变得非常自卑，总觉得自己实在微不足道，仿佛对人犯下了什么罪孽，没有继续生活下去的信心。罗马斯一定很了解我这种心情，因而仁慈而率直地把他的生活向我敞开，使我重新鼓起勇气。这个日子使我终生难忘。

礼拜天，教堂做完了弥撒之后，我们的店铺一开门，便有一群农民陆续聚在了台阶前。马特维·巴里诺夫最先来到，这人脏兮兮的，蓬头垢面，两条长胳膊像猿猴一样垂着，眼睛生得很秀气，跟女人似的，目光显得悠然自得。

“城里有什么新鲜事儿吗？”他打完招呼便问道，可没等回答，又转身朝迎面而来的库库什金喊道：

“斯捷潘！你的那群猫又吃了一只公鸡！”

随后，他又讲起省长从喀山去彼得堡觐见沙皇的事，说那是为了请求沙皇把鞑靼人全迁到高加索和土耳克斯坦。他对省长大加赞赏：

“聪明人！知道该办什么事……”

“这都是你自己胡编的。”罗马斯心平气和地责怪他道。

“我？什么时候？”

“不知道……”

“安东内奇！你对别人怎么这么不信任呢？”巴里诺夫遗憾地摇摇头，略带责备地说道，“不过，那些鞑靼人也挺让人同情的，他们哪能习惯在高加索生活呀？”

这时一个穿着别人的破旧哥萨克式外衣的瘦小家伙，轻手轻脚地走了过来。他那发青的面孔异样地抽搐着，黑黑的嘴唇咧出病态的微笑，他的左眼总眨巴个不停，但目光却很犀利，眼睛上方的花白眉毛被一道道伤痕截成数段，不住地颤动着。

“向米贡先生致敬！”巴里诺夫调笑道，“昨晚你又偷到什么啦？”

“偷了你的钱。”米贡用又亮又高的声音回答道，同时向罗马斯脱帽致意。

我们店铺的房主，也是我们的邻居潘科夫，从院子里走了出来。他身穿一件制服上衣，系着一条红围巾，脚上是一双胶皮套鞋，胸前挂着一条长长的马缰绳似的银链子。他用气愤的眼光注视着米贡：

“老魔鬼！你敢再爬进我的菜园，我就拿棍子打断你的腿！”

“还是老一套！”米贡不以为然地说，又叹息一声。补充道，“你不打人，日子怎能过得下去啊？”

潘科夫接着骂他，他却又辩白起来：

“我也不算老吧？才刚四十六岁……”

“可去年圣诞节时，你就五十三啦。”巴里诺夫突然叫嚷起来，“你自己说过是五十三岁的！为什么要说谎？”

又来了一个派头十足的大胡子老头儿苏斯洛夫[①]和渔夫伊佐特。这样就聚起了十来个人。霍霍尔坐在店铺的门廊下，一面吸烟斗，一面听着农民的谈话，自己一言不发。农民们则或者在门廊下的台阶上，或者在门西侧的长凳上，这么到处散坐着。

这天天气清冷，但灿烂多姿。在寒冬的蔚蓝天空中，一朵朵白云轻快地飘动着，阳光和云影在溪水和水洼上摇曳不定，忽而光亮耀眼，忽而又像天鹅绒一般柔和，令人惬意。几个花枝招展的姑娘，像一只只孔雀，穿过这条街道走向伏尔加河。姑娘们跳过水洼的时候，提起裙子的下摆，露出了铁一般笨重的皮靴。小孩子们扛着长长的鱼竿也从这里跑了过去。一些壮实的庄稼汉路过时，斜起眼望望我们这一堆人，默默地掀一掀便帽或宽边毡帽致个意。

米贡跟库库什金平心静气地讨论着一个难题：究竟什么人更凶恶——是商人，还是贵族地主？库库什金认为是商人，米贡则认为是地主。米贡又高又亮的声音盖过了库库什金不连贯的话语。

“有一天，芬格罗夫先生的爸爸揪住了拿破仑的胡子。芬格罗

① 我已记不清这些农民的姓名，有可能把他们写错或者混淆。——作者注。

夫先生过来紧抓住他俩脖子后的羊皮领子，两手一分，把他们拉开，紧接着又让他俩的脑门对脑门，使劲儿咯咚一碰，这下好了！两人都倒在地下不动弹了。”

“要是给你来那么一下子，你也会倒下去！”库库什金赞同道，随即又添上一句，“哼，不过商人比贵族地主吃得更多……”

气宇轩昂的苏斯洛夫，坐在门廊下最高的一级台阶上，诉苦道：

“米哈伊洛·安东诺夫！土地在农民脚下是越来越摇摆不定啦。以前还有地主老爷，谁都偷不了懒，每人都有指派的活儿得干……”

“那你递上一份请愿书，要求恢复农奴制吧！”伊佐特这样回答。罗马斯看了他一眼，并没吱声，把烟斗在台阶栏杆上磕了磕。

我一心想等到罗马斯开口，一边留意着农民们零零碎碎的谈话，一边想象着罗马斯会说些什么。我觉得他已经让好多插话的好机会白白溜走了。可他还是那样无动于衷地坐着，跟个木偶似的一动不动，只注视着风把小洼的水面吹起褶皱，把天空的彩云吹聚成黑压压的乌云。伏尔加河上，轮船发出呜呜的鸣叫，姑娘们清脆的歌声在手风琴的伴奏声中，也从下面的河岸飘来。一个醉汉沿着街道走向河岸，一路又打嗝又打呼噜，两只手臂挥来舞去，脚下高一步低一步的，不时摔倒在水洼里。农民们的谈话渐渐放慢了速度，透露出一种郁闷消沉的气息，我也感到了一丝苦闷——寒冷的天空预示着一场大雨，我又回想起了城市里无休无止的喧嚣的各种声响，街道上匆匆忙忙的人们，他们的机智言谈和丰富动人的话语。

晚上喝茶时，我问霍霍尔，他什么时候才去和农民谈话。

“谈什么？”

“噢，”他认真地听完了我的话后，说道，“您得明白，要是我跟他们谈这种话题，还在大街上谈，那别人就会把我抓起来，再流放到雅库特去……”

他填满烟斗，把它点着，随即陷入了一片烟雾的笼罩之中。他开始平静地谈起农民是如何胆怯而多疑，他们对自己感到恐惧，对邻居感到恐惧，更对异乡人感到恐惧。自由[1]降临到他们身上才不过三十年，每一个四十岁以上的农民，出生时就是奴隶，他们对此记忆犹新，很难理解什么是自由。他们的想法很简单，自由不就是自己想怎么过就怎么过吗？可是当官的随处可见，当官的会干涉生活。沙皇让农民摆脱了地主，所以沙皇就成了农民现在唯一的主人。你如果问他什么是自由？他们会说，沙皇到时候会解释什么是自由的！农民完全信任沙皇，认为他是全国土地和财富的唯一主人。他既然能从地主手里释放农民，自然也能从商人手里夺走轮船和商店。农民们拥护沙皇，他们只觉得老爷太多了不好，最好是只有一个老爷。他们盼望着那一天，盼望着沙皇向大家解释自由的意义，到那时自己获得自己的那一份儿。大家就这么盼着这一天的到来，活得畏首畏尾，诚惶诚恐，生怕错过了这社会大分配的一天。而他们也暗自担心，能够多拿就多拿一些，可是用什么方法拿呢？大家都眼巴巴地盯着同一样东西。何况，还有遍地的当官的，他们敌视农民，甚至还敌视沙皇。可是这些当官的又缺不得，否则人们便会你争我夺，相互打斗起来。

狂风呼啸，卷起大滴大滴的春雨砸到玻璃窗上。街上弥漫着灰蒙蒙的雾气；我的心里也是灰蒙蒙的，夹杂着一丝愁闷。罗马斯沉思着，用平静的语调小声说：

“要把农民唤醒，让他们慢慢学会把政权从沙皇那儿夺到自己手中，要让他们明白，人民应该有这样的权力：从人民自己中间选举长官——警察局局长、省长、直至沙皇……”

“这需要一百年！”

“您想在三一节[2]之前就功德圆满吗？”霍霍尔严肃地问道。

晚上，他外出去了什么地方。十一点钟左右，我听见从大街上传来一声枪响，似乎就在附近。我冒雨跑出门外，看见米哈伊

---

① 指一八六一年二月沙皇下令废除农奴制，至一八八八年，不过二十八年。

② 三一节：基督教节日，在每年耶稣复活节之后第五十天。

尔·安东诺维奇高大漆黑的身影正朝店铺走来，他走得从容不迫，小心地避开街上的积水。

“你干吗出来？是我打了一枪……”

“朝谁打的？”

“有几个人拿着削尖的棍子向我冲了过来，我叫道：“站住，要不我开枪啦！”他们不理睬。于是我朝天开了一枪——天是不会打坏的……”

他脱去外衣，站在门廊下，用手拧拧湿漉漉的胡须，像马一样地喷着粗气。

“这双该死的靴子，都破了！得换一双了。你会擦枪吗？请帮我擦擦，要不会生锈，用点汽油擦……”

他神色自如，两只灰色的眼睛流露着镇定刚强的目光，这实在令我钦佩，在卧室里，他一面对着镜子梳理胡须，一面提醒我道：

“您在村子里活动得留点神，特别是节假日的晚上，他们多半想揍你一顿。但是您出门时别带棍子，这只会让那些好斗的家伙更为恼火，而且还会让他认为你害怕了。不要害怕！那些人其实都很胆小……”

刚开始时我还过得不错，每天都有些新鲜而有意义的事。我一头扎进了那些自然科学的书籍之中。罗马斯指导我说：

“马克西莫维奇，您最好先了解这些，这些科学包含了人类最出色的智慧。”

伊佐特每周来三个晚上，我教他识字。起初他并不信任我，常常带着点冷笑的神情，但在我给他上了几课之后，他便对我亲切了起来：

“你讲得不错！小伙子，你会成为一个合格的老师的……”

他随即又提议道：

“看起来你挺有气力，那好吧，我俩拔棍子比比。”

我们从厨房找来一根棍子，坐在地板上，膝盖顶住膝盖，尽力要把对方从地板上拉起来，僵持了很长时间，霍霍尔却在一旁笑嘻嘻地鼓着劲儿：

“啊，呀！使劲儿！”

最后，伊佐特把我拉了起来，这倒似乎使他更喜欢我了。

“没关系，你非常棒！”他安慰道，“遗憾的是你对钓鱼不感兴趣，要不我俩一块儿到伏尔加河去，夜晚的伏尔加河简直就像天堂！”

他学得很用功，进步神速，这令他自己都感到惊喜。有一天上课时，他突然站起来，从书架上抽出一本书，高挑着眉毛，费劲儿地读完了两三行，他涨红着脸望望我，又惊又喜地说道：

“我能读啦！真他妈的！”

于是他又闭上眼睛，嘴里复诵着：

恰似母亲在儿子墓前哭泣，
鹬鸟在凄凉的荒原上啼鸣……

“看见了吗？”

他曾小心翼翼地问过我好几次。

“老弟！跟我说说，这是怎么回事儿？人看着这些一行行的东西，就说出了一句句话。我也懂这些话，就是咱们自己的话呀！可是我是怎么做到的呢？没有谁偷偷跟我说过呀。要是是一张图画，那倒容易明白。可在这儿，似乎人的思想都被印在纸上啦，这是怎么回事？”

我能怎样回答呢？我曾说过“不知道”，但这却令这个人烦恼不已。

“这是魔法！”他说，他一面惊叹着，一面在灯光下把那些书页仔细地反复观看。

他有一种孩子般毫无矫饰的天真，令人为之喜悦，为之感动。我看着他，觉得他越来越像书本里描写的那种可爱农民。他同所有渔夫一样，富有诗意，喜欢伏尔加河，喜欢宁静的夜晚，喜欢独自

一人，喜欢漠然地观察生活。

他望着天空的星星，问我道：

“霍霍尔说，那上面也许住着跟我们一样的生灵，你认为呢？这是真的吗？最好给他们传个信号，问问看他们的生活是什么样的。没准儿，比我们更好，更加快乐……”

实际上，他对自己的生活相当满意。他原是个孤儿，没有一块田地，完全投身在自己所喜爱的宁静的渔人生活之中，不依赖任何人。但他对农民却抱着敌视的态度，还提醒我说：

“别被他们亲切温和的外表迷惑，这些狡猾的家伙，虚伪的家伙，你可别相信他们！他们今天对你好，可明天就说不准成什么样了。他们的心目中只有自己，而视公共事业为苦役。”

他原是个心肠很软的人，但一说起村里的“吸血鬼”，却怀着异常的仇恨。

“他们为什么会比别人富有呢？原因就在于他们更聪明。你小子如果还算聪明的话就记住：农民们必须团结在一起，同心协力，那样才会有力量！可是他们把村子弄得支离破碎，就像一堆被劈裂的柴火。他们就是这样干的！自己害了自己。真是一帮作恶的家伙。你看看，霍霍尔已经被他们拖得精疲力竭了……”

他英俊，身体壮实，很招女人们喜欢，但也为她们受了不少折磨。

“说实话，在这方面我是被女人惯坏了，”他诚心诚意地忏悔道：

“这对那些丈夫来说是种侮辱。我要是处在他们的位置，也一定会火冒三丈。可是你又不能不怜悯女人，她们是你的另一条生命。她们的生活没有欢乐，没有体贴，像牛马一样操劳，除此之外便一无所有。丈夫们没空去爱她们，而我却是个自由自在的人。许多女人结婚一年后便吃起丈夫的拳头。不错，在这事儿上我也有错，我跟她们胡来。我只想做到一点：女人们，你们只要不相互争风吃醋，我便会给你们大家带来欢乐。不要相互嫉妒，我对你们平等相待，你们都值得我怜悯……”

他有些不好意思地从胡须后面笑了笑，又说道：

“我差点勾搭上一位有钱的太太。那天，她从城里来到乡下的别墅。她长得很美，白皙的皮肤，跟牛奶似的，头发是亚麻色的，淡蓝的眼睛透着善良的目光。我卖给她鱼时，一个劲儿地盯着她瞧。‘你想干吗？’她问。‘您心里清楚。’我说。‘那么，好吧。’她说，‘我晚上去找你，等着我！’她果真来了。但是蚊虫却搅得她心烦意乱，咬得她够呛，结果我们什么事都没干。她说：‘受不了啦，咬得太厉害！’她都快要哭出来了。几天后，她的丈夫就到了，是个审判官什么的。你看，这些太太们就是这样，”他用悲哀而带着责备的口吻结束道，“蚊虫也能干扰到她们的生活……”

伊佐特对库库什金赞不绝口：

“你看库库什金，这个庄稼汉的心地真是善良！那些不喜欢他的人，也是不明是非呢！当然，他有点多嘴多舌。可是你难道能找出一匹没有斑点的马吗？”

库库什金没有田地，娶了一个酗酒无度的女仆作老婆，这个女人身材矮小，但却机敏、结实而且凶狠。库库什金把房子租给一个铁匠，自己则住进了澡堂，日间就在潘科夫那儿干活儿。他喜欢讲新鲜事儿，要是遇上没什么可讲，他便自己编些奇闻逸事，不过编来编去都是从一个模子铸出来的。

“米哈伊洛·安东诺夫，你知道吗？京科夫区的警察罢职不干，出家当修士了。他说，我可不愿再打农民啦，干得太多啦！”

霍霍尔认真地说：

“要这样的话，那所有当官的都得逃跑了。”

库库什金一面从蓬乱的棕色头发里捡出麦秸、干草和鸡毛，一面设想着说：

“不会是所有，只有那些有良心的人才会离开。他们的职业当然是很让人难受的。安东内奇，看样子你并不相信良心这东西。可是，人要是没有良心，即便他再聪明，也活不下去！你听我说，有这样一个故事……”

于是他讲起一个“非常聪明的”女地主的故事。

“以前，有个凶恶的女人，连省长大人都顾不得自己尊贵的身份而来拜访她，提醒她道：‘夫人，您可得留神呀，您做的恶行都传到彼得堡去啦！’她当然用甜酒招待他，却回答道：‘上帝保佑，您回去吧！我没法改变自己的性情！’三年零一个月之后，她突然把农民召集起来，说道：‘我把所有的土地都分给你们，再见了！请你们宽恕我，我要……’”

“去作修女啦。”霍霍尔提示道。

库库什金盯着她，肯定说：

“是的，去当修道院院长！你听说过她的事？”

“从来没有。”

“那你为什么知道？”

“我了解你。”

这个想象家摇摇头，嘀咕着说：

“你压根儿不相信人……”

在库库什金的故事中，那些凶恶的坏蛋，一旦坏到了极点，往往便会逃得无影无踪，而且还经常被库库什金送进修道院，就像是把一堆垃圾倒进了垃圾坑。

他常会冒出一些出乎意料的古怪想法，突然紧锁眉头，宣称道：

“我们征服鞑靼人完全是徒劳，鞑靼人可比我们强！”可这时大家都在讨论组织苹果生产联合会的事，没人想什么鞑靼人。

罗马斯正谈着西伯利亚和那儿富庶的农民时，库库什金却思考着什么似的嘀咕起来：

“假如人们两三年不捕青鱼，这种鱼就可能大量繁殖，以至多得使海水涨上海岸，泛滥成灾，危害人们。这实在是一种繁殖力超常的鱼类！”

村里人都认为库库什金毫无用处，他的故事和奇思异想都让农民们大为恼火，常常惹来他们的谩骂和嘲讽，但他们时常兴致勃勃地听他讲故事，仿佛想从那些编造的故事中得出什么真理。

“撒谎大王”，正经老实的人都这样称呼他，只有那个打扮讲究的科斯潘带着深意地说：

“斯捷潘是无法看透的人……”

库库什金是个能工巧匠，他既会做木桶，又会烤面包，还会养蜂以及教女人们养鸡养鸭，又做得一手出色的木匠活儿，尽管他做事拖泥带水，但件件事都干得挺不错。他喜欢猫，在他的澡堂里养着十来只大肥猫。他给它们喂乌鸦，又训练它们吃家禽，这就惹得村里人更加恼火。他的猫常咬死鸡仔和母鸡，女人们便想办法捉住他的猫，狠狠地打上一顿。经常能听到女主人在库库什金的澡堂周围怒气冲冲地大声叫骂，可他都对这些无动于衷：

“蠢货！猫本来就是捕猎的动物，比狗要灵活。等着瞧吧，我会训练它们捕捉鸟雀，再让它们生下几百只，再拿去卖掉，那些钱都算你们的，蠢货！”

库库什金原本识得些字，可后来全忘了。他也不愿再从头学起。他有聪明的天分，霍霍尔讲话的主旨，他比谁都领悟得快。

“是这样，是这样，”他皱着眉头说道，就像小孩子咽下了苦药，“意思就是说，伊凡雷帝对平民百姓没什么害处……”

他和伊佐特、潘科夫是我们铺子晚上的常客，而且一来就会坐到半夜，听霍霍尔讲世界的局势，讲外国的生活，讲各民族的革命故事。潘科夫对法兰西大革命最感兴趣。

“这才是真正彻底的转变呀！”他赞叹道。

潘科夫的父亲是个富农，脖子上长了一个大瘤，两只眼睛骇人地向外突出。潘科夫两年前离开了父亲，出于“爱情”娶了一个孤女——伊佐特的侄女。他对妻子的管束很严，但却让她像城里人一样打扮。父亲骂他太任性，每次打他的新屋前路过时都要怒气冲冲地吐上一口唾沫。潘科夫把房子租给了罗马斯，还力排众议地在旁边开了一间小店铺。这使得村里的富农们都对他怀恨在心。表面上，潘科夫对这些富农们不理不睬，可是一谈起他们，便会带着轻蔑的口吻对他们大加嘲讽。乡村的生活令他苦闷：

“我要是有门手艺，早就去城里住了……”

他身材匀称，常打扮得体体面面，保持着庄重和自尊。他很细心，也很爱犯疑心。

“你为什么要从事这种工作呢？是出于情感，还是出于理智？”他常问罗马斯这样的问题。

“依你看呢？”

“不，还是你说说吧。”

“你觉得，怎样更好呢？”

“不知道！你的想法是什么？”

霍霍尔坚守不退，最终还是逼得这个农民开了口：

“最好当然是出于理智呀！没有理智，生活就难以继续。有了理智，事情就能迎刃而解。仅仅依赖于感情，我们就会迷失了方向，我要是凭感情做事，那肯定会搞砸！我真想一把火烧掉神父的房子，好叫他少去管别人的闲事！”

村里的神父是个尖嘴猴腮的凶恶老头儿，曾经在潘科夫父子争吵时插过手，惹得潘科夫对他非常反感。

最初潘科夫待我并不友好，几乎有点敌视，甚至摆出高高在上的架势对我呼来喝去。他的态度没多久就转变了，但我还是觉得他对我心存芥蒂，说实话，我见着他心里也不舒服。

让我记忆犹新的是那几晚在一间圆木墙壁的洁净小屋里的情景。窗户被木板封得死死的，角落里的桌上点着盏灯，灯前坐着一个脑门突出，剃着光头，蓄着大胡子的人，他说：

“生活的意义，在于拉开人与野兽的距离……”

三个农民全神贯注地听着他讲，他们都是眉清目秀、头脑聪明的人。伊佐特一直毫不动弹地坐着，像是在聆听只有他自己才能听见的来自远方的声音。库库什金却不住地扭来扭去，仿佛正被蚊虫叮咬着。潘科夫则一面捋着浅黄的胡须，一面默默地思考：

“这就是说，还是得把人分成不同的阶级。”

潘科夫从不对库库什金说任何粗暴的言语，而且能认真地听这个幻想家的奇思异想，这一点很令我高兴。

谈话结束后，我回到阁楼上去，坐在敞开的窗前，眺望着沉睡中的村庄和寂寥的田野。星光穿透了浓浓的夜雾，那些星星离地面越近，就似乎离我越远。我的心被寂静紧紧地压缩着，而思想却拓展到广阔无垠的空间。我仿佛看见成千上万个村庄就和我所在的这个村庄一样，就这么默默地贴在地面上。四野寂静无声，没有一丝响动。

浑浑噩噩的黑夜温柔地拥抱着我，我的心仿佛在被千万只无形的水蛭吮吸，越来越疲惫，一种隐隐约约的忧郁袭了上来。我在这大地上是多么渺小，多么不值一提呀……

眼前的农村生活没有丝毫乐趣。我不止一次地听人说起，也从书本上读到过，说农村的生活比城市更质朴、更亲切。但是我所看见的农民，只是日复一日地重复着苦役般的劳作。他们中的许多人并不健康，被劳作拖得疲惫不堪，几乎谈不上什么欢乐。那些城里的手艺人和工人们，工作虽然也不轻松，但却过得快快乐乐，不像这些人，整天眉头不展，怨天尤人。我觉得农民的生活并不简单，它要求辛勤地管理田地，还要求有足够的机智来对付各式各样的人。这种没有理智的生活是令人厌倦的。看得出来，这个村庄的农民正像盲人似的摸索着生活，大家全都提心吊胆，像狼一样彼此猜忌。

我无法理解，他们怎么会那样固执地不喜欢霍霍尔，不喜欢潘科夫，不喜欢想要实现合理生活的“我们这些人”呢?

我清楚地看到了城市人的优点，他们渴望幸福，大胆地探索理智，他们拥有各式各样的目标和目的。往往在这样的夜晚，我便会想起两个城里的人：

弗·卡卢金和兹·涅别伊，

钟表技师，兼修各种机器，
外科医用器械，缝纫机、唱机等。

这是一块悬挂在一家小钟表铺门口的招牌，门西侧是尘封的窗户，卡卢金就坐在一扇窗户下，黄色秃头上长着一个肉瘤，一只眼睛戴着放大镜。他体格健壮，长一张圆圆胖胖的脸，总挂着微笑用小镊子拨弄着那些钟表，要不就张开躲在灰白胡子下面的圆圆的嘴，唱起歌儿。另一个窗户下则坐着兹·涅别伊，他头发鬈曲，面色黝黑，长着一个大大的鹰钩鼻，两只眼睛像李子一样大，胡子只有尖尖细细的一小撮。他很瘦，瘦得活像个魔鬼。他也拆修着一些精巧的仪器，不时用低沉的声音哼叫几声：

特拉——达——达姆，达姆！

留声机、各种仪器、机轮、八音盒和地球仪之类的杂七杂八地堆在他们身后，那些货架上，也摆满了各式各样的金属玩意儿。还有许多挂钟在四壁来来回回地摆个不停。我真想一天到晚看着这两人干活，可是我又宽又大的身躯遮住了光线，他们便拉长了脸望我一眼，挥挥手把我赶开。我转身离开时，不无钦羡地想：

“一个人什么工作都能做，是多么幸福呀！”

我敬佩这些人，相信他们掌握了各种机器和工具的关键，而且还能修理世间的一切东西。这才能称得上人！

可我不喜欢农村，对农民很难理解。那些女人总爱相互抱怨自己的病痛，什么“心里慌乱”“憋闷”呀，“胸口闷得喘不过气”呀，还有常有的“小腹绞痛”。一到节日，她们便坐在自己的小屋前或者伏尔加河的岸边，饶有兴趣地谈这些病痛。她们脾气暴躁，发疯似的彼此谩骂。为了一把十二戈比的破瓦壶，会引得三家人操起棍棒大干一场，打断老太婆的胳膊，打破小伙子的脑袋。这种殴斗几乎每周都会发生，成了惯例。

一些小伙子公然不知羞耻地跟姑娘们胡闹，他们在田野里拦住几个姑娘，撩起她们的裙子裹住她们的头，用椴树皮把裙子下摆紧紧扎起来系在头上，他们管这叫“姑娘开花”。那些从腰部以下完全赤裸的姑娘尖声地又叫又骂。可她们也好像乐意参与这种游戏，你看她们在解开自己裙子时，总是故意慢慢吞吞的。教堂做彻夜祈祷时，小伙子们便去拧姑娘们的屁股，似乎他们正是为此才来教堂的。每逢礼拜日，神父便会在讲经台上说：

“你们这些畜生！就找不到其他地方胡闹吗？”

“乌克兰人对宗教的态度，看来要比这里的人虔诚得多。”罗马斯说，“我看这里的人信仰上帝，无非是出于恐惧和本性的贪婪，而什么对上帝真诚的爱，什么对上帝美德和力量的敬畏，根本谈不上。不过这也有好处，这些人更容易摆脱宗教。我跟你说吧，宗教是种祸患无穷的偏见！”

这里的小伙子爱浮夸吹嘘，却都是些胆小鬼。他们有三次在夜晚的街上看见了我，想揍我一顿，可是都没能如愿以偿，只有一次用棍子打了我的腿一下。自然，我不会把这种鸡毛蒜皮的事告诉罗马斯，不过他一见我走路有点跛，也就料到是怎么回事了。

“唉，您到底还是收到礼物啦？我提醒过您要留点神！”

尽管他劝我晚上别外出散步，但我还是不时地穿过菜园上伏尔加河岸边走一趟，在那儿，我坐在柳荫下，透过透明的夜幕眺望对岸的草地。伏尔加河庄严地缓缓流淌，凄清的月亮把已经落下的太阳的光辉反射到河面上，给河水镀出一片金黄。我不喜欢月亮，它显出一种暗藏的险恶，勾起我无限的悲哀，忍不住想要变成对月长吠的村狗一样，高声哭喊。后来我知道，月亮自身没有光芒，它是荒凉的，没有也不可能有任何生命在上面生存，我为此而感到高兴。以前，我幻想的是月亮上住着古怪的铜人，身体由三角状的物体拼凑而成，两只长腿走路时就像圆规一样僵直，叫喊起来像大斋节教堂打钟一样摄人心魄。月亮上的一切都是铜的，植物、动物，一切的一切都嗡嗡地叫嚷着，威胁着大地，企图干些卑劣的行径。

后来我知道，原来月亮上空空如也，这才愉快起来，不过我总盼着有颗流星撞上月亮，碰撞出火花，好让它用自己的光芒照亮大地。

我望着伏尔加河闪动着一道光彩四射的锦带，从遥远的黑暗中流来，又消隐在岩石岸的黑影里。我觉得自己的思想此刻变得兴奋而清晰，一种难以名状、与日间迥异的心绪袭上了心头。伏尔加河巨大的身躯默默无语。一艘轮船从黑暗的河道上徐徐驶过，仿佛是一只燃烧着羽毛的大鸟，船尾潺潺的击水声响，无疑是火鸟振动着沉重的翅膀。对岸草地下，有一片火光在浮动，在水面上蔓延着红红的刺目光亮。这是渔头在用灯火捕鱼，但却让人误以为是一颗星从满天无数流浪的伙伴中陨落而下，落在水面上，仿佛一朵漂动的火花。

从书本上读来的东西，此刻在脑子里拼凑成各种奇思异想，在想象力的作用下，汇聚出一幅幅美丽迷人的图画，我似乎也跟随着这河水，一同漂流在这轻柔的夜空之中。

伊佐特找到了我，在黑夜里，他显得愈发高大、可爱。

“你又上这儿来啦？”他问道，随即在我身旁坐了下来，久久地陷入了沉思，一言不发地望着河水和天空，用手捋着他那丝绵一般的金黄胡须。

后来，他讲起了自己的幻想：

“等到我学有所成，读完各种书籍，我就要走遍所有江河，把什么道理都看个透彻！我要去教导别人！老弟，把心里的事痛痛快快跟人说出来，能做到这样该有多好呀！即便是乡下的村妇，要是你跟她们坦言心事，她们也能理解。不久前，一个坐在我船上的女人问我：‘我们死后会是什么样呢？我不相信有地狱，也不相信有天堂。’老弟！怎么样？她也同样……”

他寻找着恰当的词，停了一会儿，然后继续说道：

“很有头脑呀……”

伊佐特惯于夜间活动，他对美有很敏锐的感受力。他像一个善于幻想的孩子，总是用一些平淡的词句描述那些美。他信仰上帝，但却并不畏惧。他只是照教堂里的画像，把上帝幻想成一个面容慈祥的高大老人，人世间仁慈、智慧的主人。上帝没能惩奸除恶，只是“没能忙得过来，因为人们繁殖得实在太快。但那没关系，上帝最终会惩奸除恶的，你等着瞧吧！可是我无法理解基督，一点也不能理解。在我看来，他一无是处。有上帝也就够了。可又冒出个基督，据说是他的儿子。可儿子又算得上什么？我想上帝不会死吧……”

伊佐特总是沉默地想着什么，只是偶尔叹息一声，说道：

“哦，原来是这样……”

“什么？”

“没什么，我只是自言自语……”

他望着模模糊糊的远方，又叹息起来。

“生活真好啊！”

我赞同道：

“是呀，真好！”

伏尔加河像一条黑色的丝绒长带，雄浑地缓缓流动。

弯弯曲曲的银色天河浮在河流上空，几颗明星如同金色云雀一般闪闪烁烁，却在心里轻轻地唱起了关于生活奥秘的荒诞心由。

在远方的草地上，金色的阳光穿透了粉红的云霞，看呀，太阳在天空宛如孔雀展开屏羽！

“太阳真美！”伊佐特带着幸福微笑，喃喃自语。

“苹果树开花了，把整个村子包围在一片粉红的云彩和苦涩的气息之中，花的芳芬四处弥漫，盖过了油烟和粪肥的气味。千百株苹果树仿佛过节一般穿着用粉红花瓣织成的盛装，整齐地一行行从村里一直排列到田野上。每当月明之夜，清风徐来，花枝舞动起娇躯，发出轻微的簌簌声，村庄仿佛淹没在这金色和蓝色的巨大波涛之中。夜莺一刻不停地歌唱着，白天，椋鸟起劲儿地啼鸣，躲在高空的云雀也朝大地不住地柔声歌唱。

每逢节日的傍晚，姑娘和少妇们都会走上街，小鸟一般放声歌唱，露出慵懒迷人的笑容。伊佐特也像醉汉似的微笑，他瘦了，眼睛深陷入黑黑的眼窝，面容显得严肃、清俊，愈发像一个圣徒。他常常会睡上一整天，只到傍晚才出现在街上，一副心事重重、恍恍惚惚的模样。库库什金粗鲁而亲热地逗弄他，他却害羞地笑着说：

“你别说啦！这有什么办法？”

随即他又兴高采烈地说：

“噢！生活真甜蜜极了！要知道，有多么如意的生活，就有多么称心的话！有些话你会到死都忘不了，死在复活时，首先想起的便是这些话！”

“留点神！女人的丈夫们会打你呦！”霍霍尔也亲切地微笑着提醒他。

“打也合情合理。”伊佐特赞同道。

几乎每天晚上，都能听到米贡高亢、激动的歌声，与夜莺的啼鸣和成一体，飘扬在果园、田野和伏尔加河岸。他把许多美丽的歌曲唱得出人意料的动听。就为这一点，农民们甚至原谅了他的胡作非为。

每逢周六晚上，我们杂货铺门前总会聚集起一群人，诸如苏斯洛夫老头儿，巴里诺夫，铁匠克罗托夫，米贡，这些人都是从不缺席的。他们坐在那里，一边思考一边交谈。一些人刚离开，另一些人又加入进来，就这样一直谈到半夜。有时也会有几个喝醉的家伙来闹上一通，最常见的就是退伍军人科斯京，他瞎了一只眼，左手缺两根指头。他挽起袖口，挥舞双拳，像好斗的公鸡那样大步冲到店铺门前，拼命用沙哑的声音叫嚷：

“霍霍尔！你这该死的民族，信土耳其人的教！我问你，你为什么不上教堂去？嗯？你这个异教徒！挑事者！你说，你究竟算个什么东西？”

人们便会嘲弄他：

“米什卡[①]！你怎么会开枪把自己的手指头打掉了呢？莫非被土耳其人吓昏了头？”

① 米什卡：科斯京的名字，米哈伊尔的爱称。

他冲上去要动手打人，可是大家嬉笑着抓住他，又叫又嚷地把他推下山沟。他一面从山坡上骨碌碌地往下翻滚，一面拼命地尖叫：

“救命呀！杀人啦……”

后来，他满身泥土地从山沟爬上来，朝霍霍尔讨杯伏特加喝。

“为什么？”

“因为我给你们带来了乐子呀！”科斯京答道，惹得大伙都哈哈大笑。

一个节日的早晨，厨娘点着炉灶里的木柴便进了院子，我正在店铺里，突然厨房里“砰”的一声巨响，震得整间屋子都颤动了一下，盛糖果的铁盒从货架上掉落下来，震碎的玻璃稀里哗啦地落在地上。我连忙奔向厨房，一股股黑烟直从厨房门口往外冒，朝卧室灌去，黑烟的背后，什么东西噼噼啪啪地发着爆响声。霍霍尔抓住我的肩膀说：

“先别进去……”

厨娘在门厅里哭着嚎着。

“哎，蠢娘们儿……”

罗马斯钻进烟雾，碰上了什么东西，发出哗啦啦的声响，他狠狠地骂了一句，又朝外喊道：

“别哭啦！拿水来呀！”

厨房地板上，大块木材冒着烟，小块的还在燃烧，几块砖头也塌了下来。炉灶口黑乎乎的，里面什么都没有了，像是刚被打扫过。我在烟雾中摸到一桶水，浇灭地上的余火，然后把木柴重新塞回灶膛。

“当心！”霍霍尔对我说，他拽着厨娘，把她推进卧室，吩咐道：

“把店门关上！小心点，马克西莫维奇，没准还会爆炸……”他蹲下身，仔细察看那些圆圆的杉木劈柴，接着便把我塞进灶膛的几块拨了出来。

“您这在干吗？”

“你看！”

他递给我一块被炸得面目全非的圆木，我发现那里面被手摇钻钻成了窟窿，而且被熏得黑黑的。

“明白了吗？那些狗娘养的，在木柴里面装了炸药。蠢货！哼，一斤炸药有什么用？”

他把那块木柴扔到一旁，一面洗手一面说：

“庆幸的是阿克西尼亚出去了，要不她会被炸伤的……”

那带着酸味的烟雾逐渐散开了。可以看到厨房架子上的陶器瓷器都被震碎了，玻璃也散成一堆，堆在窗口下，炉灶边的砖块也被炸崩了。

我不喜欢霍霍尔此时的冷静，这种态度似乎是在说，这些愚蠢的恶作剧在他看来无足轻重。街上的孩子们一边跑，一边叫嚷：

“霍霍尔家着火啦！咱们村儿着火啦！”

一个女人的哭叫声响了起来，厨娘阿克西尼亚在房间里惊讶地喊道：

“米哈伊洛·安东内奇！人们闯进店铺啦！”

“嗯，知道啦，小点声！”他用毛巾擦着湿湿的胡子，同时说道。

在厨房那边打开的窗户前，凑着许多因惊恐或恼怒而扭曲变形的面孔，眨动着被烟雾熏得肿痛的眼睛，一个劲儿地往里面张望，有个人激动地尖声叫道：

“把他们赶走！他们老是添些是非！上帝呀！这些混蛋究竟是什么人？”

一个头发棕红的矮个儿农民，嚅动着嘴唇划了个十字，想从窗户钻进来，可是没能如愿。他右手拿着斧头，左手哆哆嗦嗦地攀着窗台，结果还是滑下去了。

罗马斯手里操着那块圆木，问他：

“你想干吗？”

“救火呀，大哥……”

“可哪儿都没火呀……”

农民们不知所措地张着嘴巴，走开了。罗马斯走到店铺外的台阶上，举起了那块圆木对人们说：

“你们中的什么人在这块木材里面装了炸药，把它塞进我们的柴堆。可是炸药太少，根本没能造成危害……”

我站在霍霍尔身后，望着门前的这些人，听见那个拿斧子的农民战战兢兢的声音：

“你干吗把那木头冲我比划……”

大兵科斯京已经醉醺醺的了，吆喝道：

“赶走他！那个异教徒！拉他去见法官……”

可是大多数人都默不作声，只是愣愣地盯着罗马斯，心存疑虑地听他接着讲：

“得用很多炸药，才能炸飞这屋子，大概得要一普特才行！好啦，走开吧……”

有人问：

“村长哪去了？”

“应该把警察叫来！”

人们慢慢吞吞、心犹不甘地散开了，似乎很有些遗憾似的。

我们坐下来喝茶，阿克西尼亚显得格外温和、亲切，用怜惜的目光望着罗马斯说道：

“您不去告他们，他们才敢胡来。”

“您就不为这事儿生气吗？”我问。

“哪有时间去为每件蠢事生气。”

我心想：“如果每个人都这样镇定自若地专注于自己的工作，那就好了！”

他说过他要去趟喀山，问我要带些什么样的书。

有时我觉得，这个人的心里大概安装着什么仪器，就像钟表一样，只要上了弦就不再停歇，一直运转一辈子。我喜欢霍霍尔，对他非常敬重。但我真希望他能对我或者别的什么人大动肝火一次，又是跺脚又是叫骂。可是他不能或者是不想发脾气。每当有愚蠢而卑劣的事激怒他时，他只是带着轻蔑的神情眯起双眼，冷冷地说上两句平淡无奇的不大客气的话，仅此而已。

有一次，他向苏斯洛夫问道：

“您年纪不小了，怎么还要昧着良心呢？”

老头黄黄的面颊和脑门都涨得紫红，甚至连胡子根儿都似乎变红了。

“要知道，这么干没什么好处，只会让您失去别人对您的尊重。”

苏斯洛夫低下头，附和着说：

“对，没有好处！”

后来苏斯洛夫对伊佐特说：

“他是指引心灵的领导者！我们该选这样的人作长官……”

罗马斯言简意赅地嘱托了我，告诉我在他离开的这段时间，应该做些什么以及如何做。我觉得他已经把别人用炸药来恐吓他的事完全抛在了脑后，仿佛大家对待被蚊蝇叮咬这种小事一样。

潘科夫来了，他仔细地把炉灶察看了一番，眉头紧锁地问：

“大伙儿被吓着了吧？”

“有什么好怕的？”

“这是战斗呀！”

“坐下来喝杯茶。”

“老婆还在家里等着呢。”

“你去哪儿啦？”

“渔场，跟伊佐特在一起。”

他走了，过厨房时又若有所思地重复道：

“这是战斗呀。”

他跟霍霍尔的谈话总是简洁明了，仿佛早已把所有重大而复杂的事情谈过了。我记得，伊佐特听完罗马斯讲的伊凡雷帝统治时期的故事，说道：

“这个没意思的沙皇！”

“凶残的家伙。”库库什金添上一句，而潘科夫却坚决地表示道：

“他不见得有什么突出的才能。他杀死了大伙，但取而代之的是一些小贵族。还引来了不少外国人，这一着实在不算明智之举。小地主比大地主更难应付。苍蝇不是狼，不能用枪打死，它们比狼还难办。”

库库什金提来一桶和好的泥，把炉灶的砖道重新砌好，说道：

“这些混蛋们想的好主意！他们连自己身上的虱子都弄不干净，对付起人来，嘿，倒是蛮有一套！安东内奇，你别一次运太多的货，宁可每趟少运点，多运上几趟。要不，瞧着吧，又会给你来上一把火。现在你正干着‘那事儿’，得多留点儿神！”

“那事儿”指的是组织苹果生产联合会，这事很令村里的富农反感。霍霍尔凭借潘科夫、苏斯洛夫和另外两三个通情达理的农民的帮助，已经把这事儿办得八九不离十了，大多数农户开始接受罗马斯。来店铺买东西的人也越来越多，甚至巴里诺夫、米贡这样一些“没用”的农民，也来尽其所能地帮助罗马斯的工作。

我很喜欢米贡，很喜欢听他那忧伤动人的歌声。他唱歌时总要闭上双眼，那张愁眉不展的脸也不再抽搐。他的歌声荡漾在夜空，而且往往是那些月光隐没、乌云满天的夜晚之中。每到黄昏，他就常常轻声地招呼我说：

“来伏尔加河吧。”

在那里，他独自坐在小船的船尾，把两条黝黑的罗圈腿伸进黑乎乎的伏尔加河，修补那种被禁止使用的捕小鲟鱼的刺网，他轻轻地讲着：

“地主老爷欺负我吧，也就罢了，我还忍受得了。该死的，他有土地、有见识。可是自己的农民兄弟也来欺负我，我怎么咽得下这口气呀？我们之间有什么高低贵贱？无非是他们揣着卢布，我揣着戈比，仅此而已。”

米贡的脸痛苦地抽搐着，眉毛也挑了起来，手指麻利地抖动着检查渔网，用锉子把一个个刺钩锉利。他继续轻声说道：

“别人骂我是小偷，不错，我有过错！可是你知道吗？人人都过着强盗般的生活，彼此相互抢夺。是呀，我们这种人被上帝遗弃，却被魔鬼接纳！”

黑色的河水缓缓从我们身边流过，乌云飘浮在河面上空，河岸的草地隐没在黑暗之中。水波温柔地拍打着岸边的沙砾，冲洗着我赤裸的双脚，似乎要把我冲向那浮动着的无限黑暗。

“人要生活，是吗？”米贡叹息一声，问道。

山上传来凄凉的狗吠声。我仿佛陷入梦境，想到：

“可是，活着又为什么要像米贡这样呢？”

河面上一片寂静，一片黑暗，那黑暗摄人心魄，而又温暖得无边无际。

“他们要杀死霍霍尔。没准儿，也要杀死你。”米贡嘀咕道，随即又轻轻地唱起来：

亲爱的母亲多么爱我，
她曾跟我这样说：
“啾 ，我的宝贝！啾 ，我的雅沙，
你要平平静静地活着……”

他闭上眼睛，歌声变得更有力、更凄凉，手里依旧检查着刺网的绳索，只是慢了下来。

可是，我没听从母亲的话，
唉，我没听从母亲的话……

一种怪异的感觉袭上心头，仿佛大地已经被这黑色的河流冲翻，我也随着它滑落，一直滑入那没有太阳的黑暗，万劫不复。

米贡就像他开始唱歌一样，突然停了下来。他一言不发地把小船推下水，坐了上去，几乎是悄然无声地隐入了黑暗。我看着他逐渐消失的身影，心想：

“这样的人究竟为了什么而活着呢？”

巴里诺夫也与我相处得很好，他整天没什么正经事，好胡乱吹嘘，搬弄是非，又爱偷懒，是个在哪儿都不安分的流浪汉。他以前在莫斯科待过，可一提起莫斯科，他就大加诅咒：

“那简直是座地狱，乌七八糟的，徒有一万四千零六座教堂，可人人都是骗子！所有人都跟癞皮马一般生满了疥疮，真的！商人、军人和市民都那样边走路边挠痒。真的，那儿有尊“炮王”，炮筒粗得难以想象！据说是彼得大帝亲自铸的，用来轰那些暴动的人。有个贵族女人，因为被他遗弃，便起来造他的反。彼得大帝曾整天与她厮守在一起，这样同居了七年，可后来竟把她以及她的三个孩子都遗弃了。那女人非常气愤，便发起了暴动！我的老弟呀！知道吗？他就开了一炮，九千三百零八个人就这么升了天！连他自己都吓得魂飞魄散。他对主教菲拉列特说：‘这怎么行？得把这个该死的大炮封起来，免得又惹得别人去放它！’于是地就把炮口给封了起来……”

我跟他说，这些话都是扯淡，他生气了：

“上帝呀！你这人太可恶了！这事我是从一个有学问的人那儿听来的，而你居然……”

他常去基辅“拜访圣徒”，他讲道：

“那个城市跟我们的村子差不多，也在山上，临着一条河，我忘了河的名字。不过跟伏尔加河比起来，那只算得上小溪！说实话，那个城市又脏又乱。所有的街道都拐来拐去，沿山爬上去。那儿住的都是乌克兰人，但跟米哈伊诺·安东洛夫不一样，他们的血统一半是波兰人，一半是鞑靼人。那儿的人喜欢胡吹乱侃，没一点儿正经。他们头发蓬乱，浑身脏兮兮的，还喜欢吃蛤蟆，那儿的蛤蟆一个就有十俄磅重。他们骑着牛走来走去，也用牛来耕地。那儿的牛可大了，最小的也比我们的牛大三倍，有八十三普特重。那里有五万七千个修士，主教也有二百七十三个……哎，你这人真是奇怪！你干吗跟我争论呀？这些都是我亲眼所见，你在那儿住过吗？没有？这不完了吗？老弟，我说话就是喜欢实事求是……”

他喜欢数字，跟着我学会了加法和乘法，但他却讨厌除法。他兴致勃勃地算那些多位数的乘法，却常常算错，不过他对此并不在意。他拿棍子在沙地上写下很长的一串数字，睁着孩子般的眼睛吃惊地望着它们，兴奋地嚷道：

“没有任何人能念出这玩意儿！”

他的身材非常不匀称，头发乱蓬蓬的，衣服破旧不堪，但他的脸长得挺漂亮：卷曲而好笑的胡子，露着天真微笑的深蓝色眼睛。他和库库什金有些共同之处，正因为如此，他俩总是彼此回避。

巴里诺夫为捕鱼而出过两次海，他时常提起：

“我的老弟！没有什么比得上大海！你在大海面前简直是个小虫子！你望着大海，就连自己都忘啦！那里的生活非常幸福。所有人都往海上跑，连一个修道院的院长也来到海上，他挺不错的，又挺能干活！还有一个厨娘，她原是一个检察官的情妇，有比这更好的事儿吗？可她一想起大海，也禁不住对她丈夫说：‘你对我很好，检察官，但是，我们还是再会吧！’即便你只见过一次海，它也能把你深深吸引。那里海阔天空，不会再有拥挤。我也会再上那儿去，永远待在那儿。因为我不喜欢眼前的人。我真想过隐居的日子，住在那些山野之间，只是还没有找到合适的地方……”

他就像只丧家犬一般，在村里游来荡去，大家都蔑视他，但却喜欢听他讲故事，就像听米贡的歌一样兴趣盎然。

“编得不错！很有意思！”

他所编造的故事，有时甚至能使潘科夫这样对现实保持着清醒头脑的人也动了心。有一次，这个一向谨慎的农民对霍霍尔说：

“巴里诺夫讲，书上写出来的并不是伊凡雷帝的全部事迹，有好些被隐埋起来了。他讲伊凡雷帝会变身，常常变成一只老鹰。后来的钱币上铸着鹰的图案，那就是人们对他的纪念。”

我不止一次发现，在那些虚构的、甚至明显编造得荒诞不经的故事和那些一本正经地讲述生活真理的故事之间，人们往往更对前者感兴趣。

不过，在我把这个发现跟霍霍尔说起时，他却笑眯眯地说：

“这种情况不会长久！一旦人们学会了思考，就会获取真理。而巴里诺夫、库库什金这样奇怪的人，你该对他们加以理解。要知道，他们是艺术家、作家。我想基督也曾是这种奇怪的人。你会赞同我的看法：有些东西他编得挺不错的……”

令我惊讶的是，这里的人们全都不怎么谈论上帝，而且不愿去提起他。只有苏斯洛夫老头儿是个例外，他常常深信不疑地说：

“是上帝创造了世间万物！”

可是我却发现这话里包含着一种绝望的情绪。我跟这些人相处融洽，在每晚的谈话中，我从他们那里学到了不少东西。我觉得，罗马斯提出的每一个问题都像是一棵大树，把自己的根须直插入生活的土壤，一直插到很深很深的地方，在那里，它们与另一些古老大树的根须纠缠在一起，于是这些大树的每根枝条上都绽放出灿烂的思想的花朵，生长出茂密而强健的言语的叶片。我感觉到，在那些书籍丰富蜜汁的滋润下，我正在一步步成长，说话也越来越有自信。霍霍尔笑着夸过我好些次：

“马克西莫维奇！您干得好极啦！”

我对他这样的鼓励实在感激不尽！

潘科夫也会带着他的老婆来我们这儿。这女人身材矮小，面容温和，长着一双机灵的蓝色眼睛，穿着城里的时髦衣服。她坐在房间的角落里，一言不发，谦虚地紧闭着双唇，可是隔不上一会儿，她便会惊讶得又是张嘴，又是瞪眼。有时被一句中肯的话打动，还会用双手掩着嘴害羞地笑起来，潘科夫朝罗马斯使使眼色，说：

“瞧，她听明白了！”

常常有一些谨小慎微的人来找霍霍尔。霍霍尔把他们引上我的小阁楼，在那里一连坐上几个小时。

阿克西尼娅负责食物和茶水，他们就在阁楼上睡觉。除了我和那个对罗马斯佩服得五体投地的忠诚厨娘，就再没有别人见过他们。每次总是伊佐特和潘科夫摇着小船，把这些客人送上过路的轮船或者洛贝什卡轮船码头。我在山上望着黑色河水中的小船，在月光照耀得泛起粼粼银光的河面中时隐时现，小船上还点着一盏灯笼，那是为了吸引轮船船长的注意。我就这么一直望着，仿佛自己也正置身于这秘密的行动中。

玛丽亚·杰连科娃从城里来到了这儿，但她的目光不再令我感到手足无措。现在，那只是一双普普通通的姑娘的眼睛，她为自己的美丽而欢欣，因为她正受到一个高大的大胡子男人的追求。这个男人与她说话时，仍挂着平常那种从容而略带嘲讽的神情，只是捋胡子的次数更加频繁，目光更加温柔。杰连科娃轻柔的嗓音总是充满了欢乐，她穿着深蓝色的连衣裙，在浅黄的头发上系了一条天蓝色丝带。她的两只手跟孩子似的，一刻也闲不下来，总想抓着点儿什么。她轻闭的双唇总挂着哼唱的小曲，一张小手绢上下翻飞，不住扇着她粉红色的似水的面颊。我为她身上的某种东西而感到气恼和不愉快。我尽量回避着她。

七月中旬，伊佐特失踪了。据传闻，他是落水淹死了。两天以后查到了证据：在沿伏尔加河而下距村子七俄里的地方，发现了他的小船，就搁浅在河边的草地上，船底被凿穿，船舷也撞碎了。人们分析着这场意外事故的原因，大概是由于伊佐特在船上睡着了，他的小船漂到了距村子五俄里的地方。在那儿，跟排成一排停泊着的三只驳船撞在一起，造成了船身的破损。

事故发生的当天，罗马斯还在喀山没有回来。晚上，库库什金跑到店铺来，垂头丧气地在麻袋上默默坐了一会儿，吸着烟，问我道：

“霍霍尔什么时候回来？”

“我不知道。”

他把手掌贴在他那伤痕累累的面颊上，一个劲儿地揉搓，一面用下流的粗话低声谩骂，那声音仿佛是被骨头卡住喉头时的吼叫。

“你怎么啦？”

他死死咬住下唇，望了我一眼。他的眼圈儿红了，下颚颤抖个不停，似乎一句话也说不出来。我知道他带来了一个悲惨的消息，心中惶惶不安地等待着。最后，他朝街上望了望，结结巴巴、竭尽全力地说道：

“我和米贡去过了，看了一下伊佐特的小船。船底是用斧头砍穿的，知道吗？那就是说，伊佐特是被人谋杀的！肯定是……”

他不停地摇着头，一个劲儿地咒骂，用沙哑的嗓子呜咽着，悲痛不已。沉默了一会儿，他又在胸前划起十字。这个农民很想放声大哭一场，可是他不能，也不会，只是不住地颤抖着身体，压抑着喷薄欲出的悲愤，喘着粗气，令人不忍目睹。最后他跳起来，摇着头离开了。

第二天晚上，在河边洗澡的孩子发现离村不远的岸边搁浅着一只破驳船，伊佐特就躺在驳船下面。驳船的一半搁在岸边的石头上，另一半浮在水里，伊佐特的尸体就挂在水里那一半船身下面的舵板上，面孔朝下，脑袋里空空的——河水冲走了他的脑浆。这个渔夫被人从背后砍了一斧子，后脑壳被齐刷刷地削平了。伊佐特的两条腿和两只胳膊在流水中不停摆动，仿佛正努力着要爬上岸。

河岸上聚集着二十来个富农，表情阴沉地一动不动地望着，贫农们还没有下来。胆怯而狡诈的村长舞着手杖跑来跑去，哧哧地吸着鼻涕，一面用粉红色的衬衫袖子不住擦拭。又矮又肥的店铺老板库兹明劈叉着两腿，肚子腆得老高，站在那儿一会儿望望我，一会儿又望望库库什金。他眉头紧锁，凶神恶煞一般，但那灰白的眼睛却沾满了眼泪，一张麻脸挂着惨兮兮的神情。

“哎呀！这简直是为非作歹呀！”村长责骂道，两条罗圈腿颠颠地来回踱着。“唉！这些农民，太可恶啦！”

一个壮实的年轻女子，是村长的儿媳妇。她坐在岩石上望着河水发呆，用颤抖的手划着十字，她的嘴唇不住翕动，下嘴唇又厚又红，向下垂着，就跟狗嘴唇一样，黄色的大牙从后面暴露出来。小姑娘和男孩儿们像一团团彩球从山下飞滚而来，满身尘土的农民们也忙不迭地赶来了。人们小心翼翼地低声嘀咕着：

“是个不安分的家伙。”

“怎么弄到这般地步？”

“瞧，那边儿那个库库什金，老不安分……”

“莫明其妙地被人给杀啦……”

“伊佐特原本挺守本分的……”

“守本分吗？”库库什金愤怒地咆哮起来，朝农民们扑了过去，“那你们为什么要杀了他？你们这帮浑蛋！啊？”

突然，一个女人发狂般地大哭起来。这疯狂的哭声像一条皮鞭抽在人们身上，农民们叫嚷着，相互推揉，相互谩骂，相互吼叫。库库什金冲到那个店铺老板面前，一巴掌狠狠地扇到他的麻脸上：

“打死你，老混账！”

他双拳翻飞杀出一条路，从乱成一团的人群中跳了出来，几乎是高兴地冲我喊道：

“快走呀，他们要打起来啦！”

他被人打中了，吐着嘴唇上的血，脸上却洋溢着自得的神情……

“你瞧见了吗？我扇了库兹明一耳光！”

巴里诺夫跑到了我们面前，惴惴不安地回头望着驳船旁边的人群，从那里，村长又尖又细的声音传了出来：

“不！你得说明白，我纵容了谁？你说话呀！”

“我该离开这儿啦？”巴里诺夫嘀咕着走上山去。

傍晚时天气闷热起来，让人喘不过气。紫红的太阳隐入了厚厚的青黑色的云层，灌木林的枝叶上反映出红色的光芒，一声声雷鸣不知从什么地方传来。

伊佐特的尸体在我面前轻轻漂动，碎的脑袋上的头发被流水冲得直直的，仿佛因惊吓而竖起来了。我回想起他那低沉的嗓音和几句漂亮的话语：

“每个人身上都有孩子般天真的一部分，我们应该看到它，那孩子般的天真！就拿霍霍尔来说，他看上去像个铁人，但在他心里，却充满了孩子的天真！”

库库什金并肩和我走在一起，他愤怒地说：

“他们竟要置我们于这种地步……上帝呀，多么无知啊！”

两天后的深夜，霍霍尔回来了。他似乎为着什么而满心欢喜，对人也特别亲热。我把他引进屋，他拍着我的肩说：

“你睡得太少啦！马克西莫维奇！”

“伊佐特被杀了。”

“什——什么？”

他的颧骨一下子凸出出来，胡须不住地颤抖，仿佛是无数溪流淌过胸前。他忘记了脱帽子，呆立在房间中央，半眯起双眼，一个劲儿地摇头。

“那么，不知道凶手是谁吗？唔，当然……”

他一步一步地挪到窗前，伸了伸腿，在那里坐下来。

“我提醒过他的……官方有人来吗？”

“昨天，县里来了个警官。”

“嗯，查出什么结果了吗？”他问道，随即又自己回答，“当然，不可能有什么结果！”

我告诉他，县里的警官与往常一样，在库兹明那里休息片刻，又下令把库库什金押进拘留所，对他殴打店铺老板的行为以示惩罚。

“是呀。唉，还有什么好说的？”

我去厨房烧起了茶炊。

喝茶时，罗马斯说：

“这些人真可怜！他们总是把最好的人杀死！也许，他们害怕好人。就好比这里经常说到的那样，他们跟好人‘不是一路！’记得在我被押往西伯利亚的途中，一个犯人对我谈起，他原本是个贼，他们一伙有五个人。其中一个人有天提议道：‘兄弟们！咱们拉倒别干啦！反正没什么好处，这样的日子实在难熬！’就因为这个，他们趁他喝醉时勒死了他。那个犯人对他死去的同伴称赞不已。他说：‘打那儿以后，我又杀过三个人，我丝毫也不同情他们，可是对那个同伴，我至今都感到深深的遗憾。他是个很好的伙伴，既聪明，又快乐，而且纯洁善良。’我问他：‘那你为什么要杀他呢？怕被他出卖？’他却生起气来，说道：‘不会，他绝不会出卖同伴，再多的金钱或者别的什么都没法让他干那种事儿！原因只在于我们不是一路，我们都有罪孽而他似乎善良正直。这叫人无法接受。”’

霍霍尔站起来，把手背在背后来回在房间里踱步。嘴上叼着烟斗，身上穿着直拖到脚面的鞑靼式白色睡袍，两脚赤裸，在地板上稳稳地踱着步子，沉思着低声说道：

“这种害怕正直的人，害死好人的事，我已经见过不少啦。对这些正直的人有两种态度：一种是先设出陷阱引他上钩，然后想方设法地把他除掉；另一种是像狗一样地仰望他们，崇拜得五体投地。当然，后一种总是少数。要说到向好人学习生活的道路，仿效他们的言谈举止，那简直不可能。或许人们不愿如此？”

他端起已经凉了的茶，接着说道：

“他们大概根本不愿意！想想看，他们千辛万苦才建立起一个生活的框架，而且习惯了这个框架，但是突然出来一个人逆经叛道地说：生活不是像你们这样！不是吗？可是我们已经为这种生活耗尽了心血，去你的吧！于是人们‘啪’地照着这位教育者——这个正直的人掴了一记耳光。少来管我们的闲事儿！然而，这些敢于站出来说‘生活不是这样’的人，他们掌握了生活的真谛！他们是对的。正是这样的人在把我们的生活向着美好的方向推进。”

他冲着书架摆摆手，补充道：

“尤其是这些书！唉，我要是能写书就好了！可惜我没这个天分，我的思维太迟缓，条理不清晰。”

他在桌旁坐下，手臂支在桌上，紧紧地抱着头，说道：

“伊佐特太可怜了！”

接着，便是很长很长的沉默。

“好了，我们睡觉吧！”

我回到自己的阁楼，在窗前坐下来。突然间，一道闪电掠过田野，把天空照得彻亮，每当光芒闪现在天空中时，月亮仿佛都会惊惧得浑身战栗。狗在凄切地号叫，要是没有它们的叫声，我真会以为自己身处一个无人的荒芜小岛。隆隆的雷声从远处滚来，夹杂着一股逼得人喘不过气的热浪。

伊佐特的尸体就横在我前面河边的柳荫下。他那发青的脸仰面朝天，而一双透明的眼睛却严峻地凝视着自己的灵魂。金黄色的胡须黏在了一起，成了尖尖的一团，在胡子背后，他的嘴惊愕地张着。

“马克西莫维奇！最重要的是怜悯和亲切！我喜欢复活节，就是因为它是个亲切的节日！”

他那被炽烈的阳光晒干的蓝裤子，紧紧裹在一双被伏尔加河水冲洗得干净而发青的腿上。在这个渔夫的脸颊上方，一群苍蝇嗡嗡地飞来飞去，从他的尸体上，散发出一股令人作呕的臭味。

楼梯上响起了一阵沉重的脚步声，罗马斯躬身进了门，他在我的木板床上坐下来，一只手抚摸着大胡子，说道：

“你知道吗？我快结婚了！”

“让女人住在这儿，会很麻烦吧？”

他盯着我，似乎在等待我的下言，可我实在不知道还该说些什么。一道闪电的光芒射人了房间，房间里一片明亮。

“我就要和玛莎[①]，结婚了。……”

我不禁哭了起来，我还从来没听过有人叫这个姑娘为玛莎，这

① 玛莎：玛丽亚的爱称。

很有意思！在我的记忆中即便是她爸爸、哥哥或者弟弟都不曾对她用过这样亲昵的称呼。

“您为什么哭呢？”

“不为什么。”

“您是不是认为我对她而言显得太老了？”

“哦，不是！”

“她跟我说过，您曾经也爱她。”

“大概是这样。”

“那现在呢？不再爱她啦？”

“我想是的。”

他把手从胡须上拿开，轻声说道：

“在你们这样的年纪，总是对这件事感觉出个大概，可到了我们这样的年纪，就不再有什么大概了，似乎是整个身心都深陷其中不能自拔，什么也不能多想，也无力去想啦。

接着他咧出整齐的牙齿，微微一笑，继续说道：

“安东尼[①]在亚克兴海战中，被册撒·屋大维击败，原因就在于他一见克莉奥佩特拉就因恐惧而逃去，把舰队撇下不管，放弃了指挥，乘着自己的战舰追克莉奥佩特拉去了。瞧瞧！竟然有这样的事！”

罗马斯站起来，伸展了一下身子，仿佛想要反抗自己意识似的重复道：

“无论如何，我就要结婚了！”

“不久吗？”

“秋天，收完苹果之后。”

他走了，出门口把头弯得很低。我躺在床上，心想，在秋天时我能离开这里就好了。他为什么要谈安东尼呢？我实在不喜欢这

① 马可·安东尼（纪前83—80年）：古罗马统帅，依靠埃及女王克莉奥佩特拉的支持与屋大维·奥古斯都争夺政权。在公元前31年的亚克兴战役中战败，次年自杀。

种事。

已经到了采摘早熟苹果的季节。今年苹果的收成不错，在果实的重压下，苹果枝一直垂到了地面。果园里弥散着浓浓的芬芳，孩子们兴高采烈地叫着嚷着，四下拾捡那些因虫蛀或大风而散落在地上的黄黄红红的苹果。

八月初，罗马斯从喀山回来了，带回一船货物和许多装得满满的筐子。就在那一天的早晨八点，霍霍尔刚洗完澡，换好衣服，准备喝喝茶，他高兴地谈起来：

“夜里在河上航行可真惬意呀……”

突然，他皱起鼻头嗅了嗅，疑虑地问：

“好像，有股焦臭味儿？”

随即，阿克西尼娅的哭喊声从院里传来：

“着火啦！”

我们奔进院子——靠着菜园的木棚有一面墙正在燃烧，而那间木棚里存放着煤油、柏油和食油。我们呆呆地望了几秒钟，那浅黄的火焰在阳光的照射下褪了色，不紧不慢地沿着墙壁向房檐蔓延而去。阿克西尼娅提来一桶水，霍霍尔一扬手把水泼到燃烧的墙上，然后把水桶一丢，说道：

“太糟啦！马克西莫维奇！您去把油桶滚出来！阿克西尼娅赶快进到店铺里去吧！”

我连忙把一个盛着鱼油的木桶滚到街上，又回来搬煤油桶，我刚把它一滚，却发现桶的塞口是敞开的，煤油正汩汩地往外流。我慌慌张张地找塞子，然而火势不等人，尖尖的火舌已经舔破了木棚的木板门廊，窜进了木棚里面。一连串噼噼啪啪的爆裂声从屋顶上传来，似乎是在故意和人挑衅。我把这个淌着煤油的圆桶滚了出去，见许多女人和孩子一面哭喊，一面朝这面奔来。霍霍尔和阿克西尼娅把货物从店里搬出来推进山沟。一个面孔黝黑、头发花白的老太婆站在路中央，举着示威的拳头，尖声喊道：

“噢—噢—噢！你们这些混账东西！”

我又跑进木棚，见木棚已经淹没在浓浓的烟雾之中，从那里面不时传出清脆的响声，几条红色的火带从屋顶吊下来，在半空中舞动，木墙已经被烧成了灰白的栅栏。浓烟窒阻了我的呼吸，也遮蔽了我的眼睛，我勉强把一个油桶滚到门口，但却卡在了那里，再也推不动了，火星从屋顶上洒落下来，灼烧着我的皮肤。我大声叫喊让人帮忙，霍霍尔跑过来，抓起我的胳膊，把我拽到院子里。

“快离开这儿，就要爆炸了……”

他朝过道跑去，我也跟了过去，上到阁楼上，那里有我的许多书。我把书扔出了窗口，又想把装帽子的木箱也扔出去，但是窗口太小了。正当我想用半普特重的秤砣砸断窗框时，突然轰隆一声闷响，房顶被震得颤抖了一下，我知道这是煤油桶爆炸了。我头上的房顶也着了火，烧得噼噼啪啪直响，红红的火焰穿透窗户冲进了屋，我被烤得非常难受。我朝楼梯跑去，滚滚的浓烟迎面扑来，无数条火蛇正沿着楼梯向上爬动，下面的过道里发出铁牙啃木头似的声音。我不知道怎么办。浓烟熏得我睁不开眼．看不见任何东西，胸里也憋闷得要死。我呆呆地站在那儿，站了有几秒钟，而这几秒钟却似乎长得要命。这时在楼梯上的天窗口处，一张红胡须的黄色面孔晃了一下，随即便消失了，一大片火焰马上吞噬了整个屋顶。

我记得，当时只有我的头发在噼里啪啦地爆响，除此之外，我听不见其他任何声音。我知道，我没希望了，两条腿显得沉重异常，尽管我用双手紧捂着眼睛，但眼睛还是疼得厉害。

本能的求生欲望为我指引了唯一的出路：我用罗马斯的羊皮袄裹住脑袋，抱起我的褥子、枕头和一捆韧皮纤维，撞破窗户跳了下去。

当我在山沟的沟口处苏醒过来时，罗马斯正蹲在我面前，冲我直喊：

“你没事吧？”

我站起身，愣愣地望着我们的木房子，整所房子在火焰中缩成红红的一团。房子前面，一条条红色的狗舌头般的火焰，正舔着焦黑的土地。浓浓的黑烟从窗口翻滚而出，房顶上的火焰如同无数黄色的花朵，不住地摇摆。

“嗯，没事吧？”霍霍尔嚷嚷着。他那满是汗水和黑烟的脸上，交错着道道泪痕，两只眼睛惊惶不安地眨动着，他那湿漉漉的胡须上黏着一些零星的椴树皮。一股兴奋异常的喜悦从我心中油然而生，那是一股多么强劲的情感呀！后来我觉得左腿疼得厉害，便躺下来，对霍霍尔说：

“我这条腿脱臼了。”

他在我腿上摸了摸，猛地用力一扯，我感到一阵钻心的疼痛。几分钟后，心情激动的我便跛着脚，把抢运出来的东西搬到我们的澡堂里。罗马斯咬着烟斗，安慰地说：

“油桶猛烈地爆炸，燃烧的煤油被冲到了房顶上，我以为您会被烧死。火柱一下子高高窜起来，浓烟冲上半空形成一朵蘑菇云，一瞬间整所房子就被火给吞没了。唉，我以为，马克西莫维奇这下是活不了啦！”

这时，他又变得像往常一般平静，有条不紊地把东西堆放整齐，又对烟尘满面、头发蓬散的阿克西尼娅说：

“您就坐在这儿看着东西，别让人给偷了，我去救火……”

山沟周围的烟雾里，飘散着白色的纸片。

“唉，”罗马斯说，“这可真是太可惜啦！这些都是我最珍爱的书呀……”

已经有四所木房着了火。那天没有起风，因而火势还不算凶猛，只是不急不缓地朝左右伸展着它灵巧的火苗，久久地赖在篱笆和房顶上。炽热的梳子从屋顶的茅草上梳过，弯弯曲曲的火手像是弹琴一般，在篱笆上跳动。火焰在烟雾弥漫的空中幸灾乐祸地歌唱着，搅得人焦躁不安，被渐渐烧为灰烬的木头，发出轻柔的爆裂声。一只只金色“乌鸦”从烟雾中飞落到街上，正落到各家的院子里。农民和女人们慌慌张张地来回奔忙，可全都是在白忙活，每个人只顾着自家的财产物品，不时有哭喊声传出：

“水——水！”

水源离得很远，在山下的伏尔加河。罗马斯东抓一条胳膊，西扯一个衣领，推搡着农民，很快把他们聚到一起，他把人分成两组，然后指挥他们拆除篱笆和燃烧场所两旁的房屋。大家都听从他的指挥，开始齐心协力地与这场想要毁掉整排房子、整条街的大火展开了更加清醒的斗争。但他们还是有些胆怯，似乎是在为别人干活儿，显得士气消沉。

我倒是热情高涨，甚至觉得从没像现在这样有劲儿。在街道尽头，我看见以村长和库兹明为首的一帮富农，只是站在一边冷眼旁观，又叫又嚷地舞动着手杖。农民们骑着马从田里忙不迭地赶回来，臂肘被颠得跟耳朵一样高，女人们冲着他们大声哭号，孩子们则前前后后地窜来窜去。

又有一家的杂物房烧起来了，必须立即拆掉家畜棚的一面墙壁。这面墙壁由很粗的树枝编插而成，已经窜上了一条条火带。农民们动手去砍这面篱笆墙的木桩，火星和焦灰溅到了他们身上，他们害怕地跳开了，用两手拍打烧出青烟的衬衫。

“别害怕！”霍霍尔喊。

他的喊话却毫无作用。于是他摘下一个人头上的帽子，扣到我头上，说道：

“你砍那头儿，我从这头儿砍。”

我砍断一根柱子，又砍断另一根——篱笆墙开始摇晃了。于是我爬上去，抓住墙的上端，霍霍尔捉住我的腿使劲往回拖，整堵篱笆墙倒了，把我压在下面，差点没砸着我的脑袋。农民们一起动手，把这块篱笆拖到了街上。

“烧伤了吗？”罗马斯问。

他的关切愈发激起了我的力量，动作显得更加敏捷起来。我很想在这个我所敬爱的人面前把事情做得漂漂亮亮的，因此我发疯似地干，只是希望能博得他的赞赏。浓雾中仍然飘散着我们的书页，像一只只鸽子在飞舞。

右面的火势已经得到了控制，但左边的却越来越肆无忌惮，已经烧到了第十所房子。罗马斯留下一小部分农民监视不安分的火龙，带着大队人马往左边赶去。当我们从富农们身前跑过时，我听见有人恶狠狠地喊道：

“就是他们干的这坏事儿！”

店铺老板说：

“应该到他们的澡堂里去搜搜？”

这些话成了我不愉快的记忆。

众所周知，激励，尤其是快乐的激励，会给人带来超乎寻常的力量，我在这时就受到了这种激励，全身心地投入到工作中去，直至精疲力竭。记得当时我坐在地上，背靠着一件炽热的什么东西。罗马斯把一桶凉水浇到我身上。农民们围在我们周围，带着敬意七嘴八舌地议论着：

“这小伙子真有劲儿！”

“他不会垮掉的……”

我把头靠在罗马斯腿上，顾不得羞耻，放声哭了起来。他抚摸着我湿湿的脑袋，说道：

“休息一会儿吧！都过去啦。”

库库什金和巴里诺夫俩人被烟熏得黑漆漆的，像鬼一样，他们领着我进到山谷，安慰我说：

“老弟，没关系！已经结束啦！”

“你被吓坏了吧？”

我还没来得及躺上一会儿，神志尚没完全清醒时，却看见十几个“财主”朝我们澡堂那边走了下来，村长打头儿，走在最后的是两个乡村警察，正架着罗马斯的胳膊。罗马斯没戴帽子，两只衣袖被扯碎了，嘴里还咬着烟斗，神色阴沉，阴沉得让人害怕。大兵科斯京舞着手杖，一个劲儿地嚷嚷：

“把这个异教徒扔进火去！”

“把澡堂的门打开！”

“砸吧，钥匙已经丢了。”罗马斯响亮地说。

我一下子蹿起来，从地上抓起一根木棍，站到了他的身旁。乡村警察退开了几步，而村长却哆哆嗦嗦地尖声说道：

“我们是正教教徒，不允许砸锁……”

库兹明指着我嚷道：

“瞧，还有一个……他是什么人？”

“别冲动！马克西莫维奇！”罗马斯说，“他们认为是我们把货物藏在澡堂里，自己给店铺放了一把火。”

“就是你们俩干的！”

“砸锁吧！”

“正教教徒……”

“咱们来承担责任！”

罗马斯低声对我说：

“过来和我背靠背站着，别让他们从背后袭击……”

澡堂的锁被砸开了，几个人一拥而入，可随即又钻了出来。这时，我把木棍塞给罗马斯，自己又从地上捡了一根。

“里面是空的呀……”

“空的吗？”

“噢！这些鬼东西！”

有人心虚地说了一句：

“你们错怪了……”

几个人同时醉鬼般蛮横地叫了起来：

“什么——错怪？”

“把他们扔进火里！”

“这些不安分的家伙……”

“他们在暗地里搞合作社！”

“这些贼！他们这帮人全是贼！”

“闭嘴！”罗马斯大喊道，“你们已经看过了吧？我的澡堂里并没有藏什么货物，你们还想干什么？全都给烧啦，就剩下这么一点，瞧瞧吧！放火烧掉自己的财产，那对我有什么好处？”

“他买过保险！”

十几个疯狂的叫嚷声随即又响起来：

“还望着他们干吗？”

“行啦！我们受够啦……”

我两腿不停地哆嗦着，眼前一阵阵发黑。透过淡红色的烟雾，我看见一张张扭曲的丑陋面孔，还有长满胡须的大嘴，我好不容易克制住了自己，没有冲上去把他们狠狠地揍一顿。这群人把我们团团围住上蹿下跳，嚷嚷着：

“噢呦！还拿着棍子呢！”

“棍子？”

“他们要上来扯我的胡子啦！”霍霍尔说，我感觉到他冷冷一笑，“马克西莫维奇！你也会被打的。唉！不过，冷静，一定要冷静……”

“看呀！那个年轻的带着斧子！”

我腰间的确别着一把斧子，自己都忘了。

“他们好像害怕了，”罗马斯琢磨着，“不过他们要是冲上来，您可别用斧子！”

一个从未见过的瘸腿小个子农民好笑地蹦来蹦去，歇斯底里地尖声叫嚷：

“到远处去，拿砖头砸他们！我先来！”

说着他果然抄起一块砖头，一扬手朝我肚子扔了过来。我还没来得及还击，库库什金便像老鹰一般向他扑了过去，扭打着一直滚进了山沟。紧随库库什金之后，潘科夫、巴里诺夫、铁匠，还有另外十来个人也赶来了，库兹明一下子显出一副一本正经的样子，说道：

“米哈伊洛·安东诺夫，你是聪明人，应该知道，大火把村里人吓得有点失控了……”

“马克西莫维奇，我们离开这儿，上河边的小饭馆去。”罗马斯一面说，一面摘下烟斗，迅速地塞进裤兜。他拄着棍子，疲倦得一步一歪地走出了山沟。库兹明似乎有意跟他并肩而行，嘴上还嘀嘀咕咕的。罗马斯没正眼瞧他，说道：

“滚开！白痴！”

在我们店铺那儿，还有一团金黄的炭火在暗暗燃烧，中间是一个炉子，残存的烟囱向灼热的空气喷吐着淡蓝色的烟雾。被烧得红彤彤的铁床支架，向四面伸着长腿，活像一只黑蜘蛛。烧焦的门柱子像身着黑衣的卫兵矗立在火堆旁边，这个卫兵的头上还戴着火红的帽子，身上穿着公鸡翎毛似的火衣。

“书都给烧了！”霍霍尔叹息一声，说道，“真可惜！”

孩子们把一块块暗燃着的木头用棍子抬到街上的泥水洼里去，仿佛是在驱赶一群小猪，木头一到水里便哧哧响着熄灭了，冒出乳白色刺鼻的白烟。一个大约四五岁，头发浅黄，眼睛蔚蓝的小孩，坐在温暖而又乌黑的水洼里，用棍子敲击被砸扁的铁桶，兴趣盎然地倾听着铁桶的声响。被大火袭击的人们神情黯然地走来走去，整理着残存的家具什物。女人们大声地哭着、骂着，为几块烧焦的木块争执不休。火场后面的果园里，苹果树静静地竖立着，许多树的枝叶都被烤焦了，愈发衬托出累累果实的鲜红欲滴。

我们到河里洗了个澡，然后坐进小饭馆，一声不响地喝茶。

“富农们想在苹果上搞鬼，他们失败了！”罗马斯说。

潘科夫来了，看起来心事重重，比平时更加温和。

“兄弟！怎么办？”霍霍尔问道。

潘科夫耸耸肩说：

“我的房子上过保险。”

大家都一声不吭了，彼此用诧异的探索的目光看来看去，仿佛从来都不认识。

“米哈伊尔·安东内奇，你现在有什么打算？”

“我得想想。”

“你必须离开这里。”

“看情况再说。”

“我有个主意，”潘科夫说，“我们出去谈谈！”

他们出去了。潘科夫在门前停了下来，扭身对我说道：

“你胆子倒是不小！可以留在这儿，他们都害怕你……”

我独自来到河边，躺在灌木林里，望着河水缓缓地流过。

虽然已近黄昏，但天气还很闷热。在这个村子里发生的一切，仿佛是用彩笔在河面上绘出的巨大画卷，一幅幅地在我眼前闪现。我感到沉郁烦闷。可是没多久，疲倦袭了上来，我便昏沉沉地睡了。

“喂！醒醒呀！”我迷迷糊糊地感到有人在摇晃我，要把我拖到什么地方。“你是死了吗？快醒醒吧！”

一轮血红的月亮悬挂在大河对岸的草地上空，大得像车轮一般。巴里诺夫弯着腰使劲儿摇着我的肩膀。

“快走吧，霍霍尔四处找你，他急坏了！”

他跟在我身后，小声地抱怨着：

“你不该随处躺下就睡觉！山坡上人来人往，会有石头掉下来砸着你的，他们还有可能故意用石头砸你。老弟呀，我们这儿的人可凶着呢！他们就喜欢记仇，除了仇恨，他们什么都不知道。”

有人轻轻地从河边的灌木林走过，碰得树枝晃晃悠悠的。

“找到了吗？”米贡用洪亮的声音问道。

“找到啦。”巴里诺夫回答。

走出十几步，巴里诺夫叹息一声，说道：

“他又偷鱼去了。米贡的日子也很难呀！”

罗马斯一见到我，便生气地责备起来：

“您怎么会到处乱走呢？想挨他们的揍吗？”

当屋里只剩下我们俩时，他神情忧愁地对我轻声说道：

“潘科夫建议让您留下，他想开一家杂货铺。我并不想劝您留在这儿。而我呢，您看，已经把剩下的一切卖给了他，我准备去维亚特卡。过段日子我会给您写信，让您上我那儿去，好吗？”

“让我想想吧。”

“您就好好想想吧！”

他在地板上躺下来，翻腾了几下就没有声息了。我坐在窗前，眺望着伏尔加河。月光从河水上反射出来，那色彩就像着火时的火焰。一只轮船沿着芳草青青的河岸航行，轮片啪啪地拍击着河水。三盏桅灯浮游在黑暗之中，忽而与星星擦身而过，忽而遮盖起星星的光芒。

“您生那些农民的气了吗？”罗马斯梦呓一般地问道，“别生气。他们只不过愚蠢而已。凶狠也是愚蠢。”

他的话并不能安慰我，也不能平息我心中熊熊燃烧的怒火。那些野兽般的满是胡须的大嘴发出凶狠尖叫的场景又浮现在我的脑海中：

“到远处去，用砖头砸他们！”

那时候，我还不习惯于把无用的东西抛开不管。事实上，我也看到，就单个的农民而言，他的身上并没带着多少凶狠的气质，甚至根本没有。他们原只是些善良的野人。你能轻而易举地见到一个农民孩子般天真纯洁的微笑，任何一个农民，都会怀着孩童的虔诚深信不疑地倾听那些关于追求理智和幸福的故事，以及那些关于伟人功绩的故事。这些农民的心灵是独特的，他们珍视一切能够激发人们美好向往——对能够按照自己意愿过上快乐生活的向往——的东西。

但是他们一旦去参加村里的集会，或者在伏尔加河岸边的小饭馆里聚成灰压压的一片时，他们的一切美好品质便烟消云散，他们像神父一样，披起虚假和伪善的法衣，对那些有钱的掌权者摆出一副狗一般的谄媚嘴脸，那时的他们尤其令人厌恶。有时他们又会显出一股豺狼般的凶狠，竖起鬃毛，磨牙砺齿，相互恶狠狠地咆哮，为些微不足道的小事就要动手打人，甚至真的打斗起来。这时的他们凶狠得让人害怕，他们甚至可以去把教堂砸个稀烂，尽管昨天晚上他们还像绵羊走进羊圈一样，在那里谦恭地跪拜。在这些农民之中，也有诗情丰富的人和善于讲故事的人，可他们都并不招人喜欢。全村的人都在嘲笑他们，孤立他们，欺辱他们。

我不会，也不能跟这些人生活在一起。我和罗马斯分别的那天，我把这些困扰着我的想法倾诉给他们。

“这种结论太过片面。”他略带责备地说。

“可我确实有了这种结论，那怎么办呢？”

“这是错误的！没有依据。”

他又好言相劝了半天，向我证明这个结论没有道理，是错误的。

“先不要忙于指责！指责是很简单的一件事，不要只是一味地指责。应当静观其变，要记住，一切都会过去，一切都会好起来。太慢了吗？但却是一种必然！您应该什么都去见识一下，尝试一下，那样才会无所畏惧，可是不要急于去指责别人。老朋友，再见啦！”

而这一次的再见，却直到十五年后才实现。那时罗马斯因“民权派”①事件又度完在雅库特巴的十年流放生涯归来，我们在塞德列茨重得见面。

罗马斯离开红景村后，我的心情十分沉重，整日在村子里游荡，仿佛是一只没人收留的小狗。我和巴里诺夫一起到各个村子为富裕的农民干活，打谷子、挖土豆、看护果园，什么都干。晚上就睡在巴里诺夫的澡堂。

“列克谢·马克西莫维奇，你这个无所依靠的家伙，以后可如何是好哇？”他在一个雨夜这样问我道，“咱们明天就去海上，好吗？真的！待在这儿有什么劲？咱们在这儿总惹人嫌。再说，没准儿哪天还栽在那些醉鬼手里……”

巴里诺夫以前也多次跟我提过这事了。他也在为什么事情而郁郁不乐，两只猿猴般的手臂有气无力地垂着，茫然地四处张望，仿佛是在一片大森林里迷失了方向。

雨点砸着澡堂的玻璃窗，雨水冲洗着澡堂的角落，哗啦啦地流

---

① 民权派：俄国小资产阶级政党，成立于一八九三年，号召社会主义革命，实际上却与工人阶级毫无关系。一八九四年，其主要成员被沙皇警察全部逮捕。

下了山沟。这是今年的最后一场暴雨，闪电苍白无力，勉强散发出虚弱的光亮。巴里诺夫又轻轻地问我：

“我们明天就出发吧？怎么样？”

我们真的走了。

秋夜航行在伏尔加河上，真有不可言喻的惬意。我坐在一只驳船尾部的舵盘旁边，一个头发蓬乱的大脑袋家伙把着舵，他一面工作，一面还用脚丫子在甲板上踏着拍子，嘴里粗声粗气地喘息着：

“噢呜夫！……噢嘞——嘞呜……”

像焦油般黏稠、绸缎般漂亮的河水在船后翻滚，一眼望不到头。河面上空飘浮着一片片黑压压的云彩。黑暗在四周缓缓蠕动，吞没了河岸的界线，仿佛整个大地都在黑暗中融化着，成为一股烟雾和液体，不断地向下流淌，流向那没有日月星辰、一片沉寂的无人空间，就这么永远流淌着，没有止境。

前方，拖轮隐没在漆黑的湿雾中，好像是在跟拖着它的巨大拉力较劲儿，一面大口大口地喘息，一面前进。拖船上有三盏灯，两盏紧贴着水面，一盏漂浮在半空，乌云下，还有四盏金鱼一般的灯火在靠近我的地方漂动，我们驳船上的桅灯就是其中之一。

我觉得自己就像被囚禁在一个冰冷的油脂气泡之中，气泡顺着一个斜面缓缓下滑，我就像是趴在油泡里的小虫。我感到这气泡滑落的速度越来越慢，近乎停滞不前——轮船不再发出隆隆声响，桨片也不再拍打黏稠的河水，一切声音都离我远去了，仿佛树叶被秋风从枝丫上吹落，又仿佛粉笔字被人从黑板上抹去，只有一片死气沉沉的孤寂重重地包围着我。

那个在舵盘前跺脚的大个子，身上穿着一件破旧的羊皮短袄，头上戴一顶揉皱的羊皮帽。现在他一动不动地站住，像是被施加了魔法一般，嘴里也停止了那哼叹声。

我问他：

“你叫什么？”

“你干吗要知道？”他用粗哑的声音反问。

黄昏，轮船从喀山起航时，我就留意到了这个长得像熊一样笨重的人，他脸上满是胡须，眼睛小得只有一条缝。他站在舵盘前，把一瓶伏特加倒进木勺，就像喝水似的，两口就把它喝光了，然后又啃了一个苹果作下酒菜。但当轮船拖动驳船时，他一把抓住舵杆，朝红彤彤的夕阳望了望，又晃晃脑袋，严肃地说：

“愿上帝保佑！”

轮船拖着四条驳船，从诺夫戈罗德市场驶向阿斯特拉岸，驳船上载满了准备运往波斯的铁器、糖桶和一些沉重的木箱。巴里诺夫用脚朝木箱踢了踢，又皱起鼻子闻了闻，说道：

“这八成是步枪，伊热夫斯基厂出产的……”

可那个舵手用拳头向他肚子上捣了一下，问道：

“这跟你有什么关系？”

“我只是自己想想……”

“你是不是想挨上几个耳刮子？”

我们没有足够的钱去乘客轮，承蒙“关照”才上了这只驳船，尽管我们也承担水手的工作——轮流“值班”，但还是被船上的人视为乞丐。

“你老谈论什么人民、人民。”巴里诺夫埋怨我道，“其实简单得很：谁有钱有势，谁就能骑到别人头上……”

夜色漆黑，连驳船的身影也隐没其中，只有被桅灯照亮的桅尖在烟雾中隐约可见。烟雾中弥漫着一股煤油的气味。

我对这个舵手抑郁的沉默很是生气。我是被水手派到这儿来值“夜班”的——给这个粗野的家伙做帮手。每逢拐弯时，他一面盯着前面灯光方向的变化，一面小声对我说：

“喂！把好舵！”

我跳起身去扳动舵杆。

“行啦！”他嘀咕一声。

我又坐回到甲板上。好几次我想跟他聊起点儿什么，可是都没成功。他每次都反问道：

“这跟你有什么关系？”

天知道他究竟在想些什么！当我们穿过卡马河的黄色河水和伏尔加河青钢色水流的交汇处时，他望着北方，嘴里咕哝了一句：

“该死的！”

“你骂谁？”

他并不回答。

在这广阔无边的黑暗里，在远方，猝然响起几声狗叫，仿佛是尚未被黑暗完全吞噬的生命在做最后的挣扎，让人觉得渺茫而毫无意义。

“这里的狗真没出息！”舵手突然说。

“这里，说哪儿呢？”

“哪儿都一样。我们那儿的狗才够得上凶猛……”

“你是哪儿的人？”

“沃洛格达。”

于是一大堆粗鲁庸俗的话语从他嘴里倾泻而出，就像撑破了麻袋的土豆骨碌碌地朝外滚：

“这个，跟你在一起的是你叔叔吧？我看哪，他是个大傻蛋。我的叔叔才精明呢，胆子大，又有钱。他在辛比尔斯克管理码头，还在河边儿开了个饭馆子。”他挺费劲儿地慢慢讲完了这些话，然后就用那双小得像一条缝似的眼睛盯着拖轮的桅灯，看它像只金色蜘蛛一般在黑暗的网上爬行。

“把好舵！喂……你念过点书吧？你知道法律是谁写的吗？”

我还没来得及回答，他又继续说道：

“大家各有各的说法，有的说是沙皇，有的说是大主教，是参政院。要是我知道了到底是谁写的，我就要去找他，对他说：你该把法律改改，不但叫我不能打人，而且要叫我连手都不许抬起来！法律应该是铁打的，像一把铁锁，把我的心一锁，这不就完了？那样才能让我不去犯法！可像现在这样，我却没准儿就去犯法！没准儿！”

他用拳头敲打着舵杆，一面喃喃自语，声音越来越小，越来越上句不接下句。

轮船上有人拿着喊话筒嚷着什么，那沙哑的声音跟消失在夜色中的狗吠一样，显得那样毫无意义。几盏灯火的倒影像几点黄色油斑，在轮船两侧黑乎乎的水面上飘荡着，消融着，隐约地照亮了一些东西。乌云稠密而沉重，像是一堆滚动在头顶的淤泥。我们向着这寂静的黑暗越滑越深。

舵手皱起眉头抱怨道：

“我们被拖到什么地方了？我的心都不跳啦……”

冷漠占据了我的心头，冷漠，还有忧郁。我只想躺下睡觉。

黎明终于穿透乌云，静静地来临了，但这个黎明没有太阳的光辉，显得苍白无力。河水变成了铅灰色，河岸上显现出黄色的灌木林，铁锈色的松树干和深绿色的松针，一排排农舍，还有像石塑雕像一般的农民的身影。一只鸥鸟扇动着翅膀，从驳船上一掠而过。

我和那个舵手都换了班，我钻进帆布很快睡着了，可是没多久，就被一阵急急的脚步声和叫喊声惊醒了。我把头伸出帆布，看见三个水手把那个舵手逼得紧贴在“工作舱”的墙板上，各自大声嚷嚷着：

“彼得鲁哈！快扔下！”

“上帝保佑你，没关系的！”

“你呀，还是拉倒吧！”

彼得鲁哈交叉着双臂，死死抱住自己的肩膀，一言不发地站在那儿，一只脚踩着扔在甲板上的包袱，在每个人脸上看来看去，沙哑着嗓门说：

“不要让我去犯罪！”

他光着两只脚，头上没戴帽子，身上只穿着衬衫和短裤，倔强的脑门被一头蓬乱的黑发遮掩起来，下面是一双充满血丝、小得像田鼠一般的眼睛，他用哀求的目光惶惶不安地望着大家。

“你会被淹死的！”大家对他说。

“我？那根本不可能！兄弟们！放开我吧！要不然，我就会去打死他的！一旦到了辛比尔斯克，我就……”

“别那么干！”

“唉！兄弟们呀……”

他慢慢地张开双臂，跪了下来，双臂紧贴在“工作舱”的墙板上，像是被钉上了十字架，不停地央求着：

“放开我，别让我去犯罪！”

在他深沉的声音里，蕴藏着某种充满震撼力的东西，那长得像桨一样张开的手臂不住地颤抖着，掌心朝向大家。浓密胡子下的面孔也在颤抖，黑黑的眼珠从那田鼠般的小眼睛中突出来。那样子就像被一只无形的大手卡住了喉咙，就快窒息而死一样。

人们默默地闪出了一条路，他笨拙地站起身，捡起包袱说：

“谢谢大家！”

他走到船舷边上，出奇轻捷地一头扎进了河里。我也跑到船舷旁，看见彼得鲁哈像戴帽子似的把包袱顶在头上，脑袋晃晃悠悠，斜斜地划过水流，向岸边的沙地游去，岸边的灌木林在风中弯下了腰，把金黄的叶子撒向河水，仿佛是在专程迎接他。

人们说：

“他终于控制住了自己！”

我问：

“他疯了吗？”

“他怎么会疯呢？不，他是在拯救灵魂……”

彼得鲁哈已经游到了浅水地带，他站在齐胸的水里，把包袱举得高过头顶，摇了摇。

水手们向他喊：

“再——见！”

有人问道：

“他没有身份证，那可怎么办？”

一个长着棕红头发，腿有些弯曲的水手痛快地告诉我：

“他有一个叔叔住在辛比尔斯克，经常对他动坏主意，把他的所有财产都骗了去，所以他想杀死那个叔叔。可是却抛不开怜悯之情，因此就逃避了这次罪行。这个汉子很粗鲁，但是他本性善良！是个好人呀……”

这个好人已经穿过一道窄窄的沙滩，朝上游走去，隐没在一片灌木林中。

水手们原来都是些善良的小伙子，也都是我的乡亲，祖祖辈辈都是伏尔加河人，到傍晚时，我觉得我在他们中间已经算得上自己人了。可是第二天我却发现，他们望着我的目光中流露出阴沉、疑虑的神色。我立即猜到，一定是巴里诺夫这个幻想家又被魔鬼扯住了长舌头，对水手们讲了些什么。

“你讲了什么，是吧？”

他眯着女人一般温柔的眼睛笑起来，不好意思地挠挠后脑勺，承认道：

“就讲了一点而已！”

“唉！我不是让你别讲吗？”

“我原本是不打算讲的，可那个故事太有趣啦。我们那会儿想打牌，可牌竟然被那个舵手带走了。我们闲极无聊！于是我就……”

我详细问了之后才知道，原来巴里诺夫为了解闷，便编出一个好玩的故事，在故事的结尾，我和霍霍尔被描述得像古时候的海盗维京人[①]一样，手持斧头跟一群农民砍杀。

你根本就没法生巴里诺夫的气，因为他所谓的“真理”总在现实之外。记得有一次，他跟我一起去寻找工作，我们坐在山沟边的田地里，他信心百倍，又满怀热情地劝我说：

“要去找寻称心如意的真理！你看山沟那边，羊群在吃草，牧羊犬在奔跑，牧羊人走来走去。这些有什么大不了的？我们的心灵

---

① 维京人：8至12世纪出没于欧洲西海岸的北欧人，他们既经商，又做海盗。

能得到什么满足？老弟！你睁眼看到的全是凶恶的人，这才是真理！有仁爱的人在哪儿？他们还没被咱们想出来呢！”

船一抵达辛比尔斯克，水手们便毫不客气地把我们赶上了岸。

“你们这样的人并不适合我们！”他们说。

我们被用小船送上了辛比尔斯克码头，在岸上，我们晒干了衣服，数数衣袋里的钱，只剩下三十七戈比了。

我们去小馆子喝了杯茶。

“我们该怎么办？”

巴里诺夫坚定地说：

“怎么办？继续向前走！”

我们当“兔子”[①]搭客轮来到了萨马拉。在萨马拉得到一条驳船的雇用，在船上干了七天七夜的活，便顺利地到达了里海海岸。那里有卡尔梅克人办的一个名叫卡班库尔——巴伊的肮脏的渔场，我们在其中一个很小的渔民劳动联合会里找到了工作。

① 俄国人把无票偷乘火车或轮船的人称为“兔子”。